考えるヒント2

小林秀雄

文藝春秋

考えるヒント　2

目次

考えるヒント 2

考えるヒント　2

本書は一九七五年刊の文春文庫「考えるヒント 2」の新装版です。

本書には、今日からすると差別的表現ととられかねない箇所がありま す。しかし、この作品の執筆当時の人権に対する意識は現在とは差がありました。作者に差別を助長する意図がないことは明らかであり、また既に故人となられていることをふまえ、原文のままといたしました。

考えるヒント　2

忠臣蔵 I

文士劇で「忠臣蔵」をやった時、正宗白鳥さんが、こんな連中のやるのを、ともかく見ていられるのは不思議だな、忠臣蔵という芝居は不思議な芝居だな、と言った。赤穂浪士等の討入事件に取材した芝居が、江戸で興行されたのは（これは幕府から差止めになったが）、事件後、一週間もたたぬ間であった。以後、作者役者の不断の改良がつづけられ、歌舞伎最大の出し物に生長し、今も、正宗さんの言う不思議な芝居として演じられている。これは、討入事件そのものに、余程興味ある性質があったが為だと思われる。

私は、戦争中、或る学校で、「忠臣蔵」の史実について、講義というほどの事ではないが、引続き話をした事があるので、事件に関し少しばかり知識を持ち、興味を抱いているのだが、近頃の学校の歴史でも、又、最近広く読まれた日本史などを見ても、この事件は、歴史家によって全く軽んじられているように見える。どうも気に食わぬ想いがしている。これも亦不思議だ。文化を重んずるという建前から、例えば、元禄時代の歴史では、光琳宗達を語らねばならぬ、とする。それはよいが、討入より光琳宗達を重んずるという事になれば、これは筋が通るまい。なるほど光琳宗達の出現は、重要な文化的事件であり、その影響するところは、人々の思想の上にあった、これはわかり切った事だ。それなら、討入事件も亦一種の精神的事件であり、その人々の思想に与えた甚大な影響力は、光琳宗達などの比ではない、という事が、何故わかり切った話ではないのか。

事件は、極くつまらぬ事から起った二人の武士の喧嘩に始り、決着のつかなかったところを、人数を殖やした大喧嘩で始末をつけたというだけの事だ。喧嘩という言葉は、大石内蔵助の使った言葉で、たかが喧嘩に過ぎぬ、と彼は「浅野内匠頭家来口上」で明言している。喧嘩が起ったくらいで、社会に変動などありようがない。為に、誰の暮し向きも変りはしなかったのである。大事なのは、一週間もしないうちに、事を扱った芝居が現れた、当時の知識階級の代表者達も、一斉に、事件を論評した事だ。誰も彼も、義挙を肯定し賛美したと思うのは間違いで、知行欲しさのプロパガンダに過ぎぬと断ずる現代風の議論も、いくつかあった。事件の性質の分析は、当時も既にかなり厄介なものだったのである。たかが喧嘩に過ぎぬ、と内蔵助は言ったが、但し自分としては黙し難い考えの開陳があったと断っている。しかし、歴史家が、たかが喧嘩に過ぎなかったと言い去るなら、美術家が、光琳の「かきつばた」は、たかが屏風に過ぎぬというに等しいだろう。事件の力は、当初から偏《ひとえ》にその意味にあった。意味がなければ、事件は無かったのである。

そこで、日本史の再検討という事で書かれる、現代の日本史が、討入事件を軽視している理由を推察すれば、こういう事になるだろう。討入の精神上の影響力の甚大は認めるが、これは、現代では、もはや殆ど価値を認める事の出来ぬものになったという考えに基く。これに引きかえ、光琳の「かきつばた」の影響力は、現代の精神にも、未だ訴える力を持っている、と。では大石良雄の封建的思想と尾形光琳の封建的美とは、それほど風の変ったものか。「かきつばた」の現した美が、今日も尚生き長らえているのは、その美は、封建的という言葉では言い尽せぬものを持っていたからではないか。では、内蔵助の思想が古びたのはまさにそれが封建的思想で言い尽せるものであったからか。芸術と思想とは、それほど異ったものなのか。

社会学の強い影響を受けた現代の歴史家が提供する「封建的なるもの」という図式は、実に大きな力を持っている。これを学問上の概念として、慎重に使い、その価値について、いらざる事を口走らぬという事も、学者には、なかなか難しい次第になっている。それほどであるから、一般には、封建的な事とは野蛮な事の義になっているのは止むを得ない。例えば、討入で、徒党は皆切腹した。何んという野蛮な行為だ、期せずしてそういう言葉を発する。だが、切腹という封建的処刑の形式は、今日の絞首刑の形式より、それほど野蛮なわけはなかった。

「忠臣蔵」の判官は、由良之助を待ちかねて、九寸五分を渡すのだが、無論、大石は国家老で赤穂にいたから、何にも知らなかったのだし、「門外」で、チョボで、刀を嘗めようにも、刀に血が付いていた筈もなかった。内匠頭は、首を打たれたので、腹を切ったのではない。元禄の頃にもなれば切腹の作法は、行きとどいて、やかましいものだったから、介錯人への合図は、九寸五分でも、扇子でもよかったが、首が飛ぶ前に、勝手に腹など切るわけにはいかなかった。だから、介錯人には、慎重に達人が選ばれたのである。復讐を行った一党が、江戸で、四家に預けられ、処刑された時、毛利家に預けられた切腹人の一人、間《はざま》新六が、青年客気にはやり、勝手に腹を七寸も切って了った。これには太刀取りもあわてたが、検使もあきれたと言う。だが、そんな事は、大した事ではない。

内匠頭と上野介との営中の喧嘩は、朝の十時頃の事であった。上野介は、「お構いなし」という事で、内匠頭の方は、その場から、田村家に護送され、其処で切腹したのは、その日の暮方六時頃であった。この囚人には、その間、外部から隔てられ、行動の自由も発言の自由もなかったのである。一時の逆上による生涯の変転は、突如至って、忽ち終った。この間の内匠頭の言動につき、動かせぬ確証に基いて、言えるようなものは何一つない。

内匠頭は、切腹の前、外部の者には、家来片岡源五右衛門一人に会っている。それも、検使の黙認による庭先きの対面で、言葉を交わす事が出来たとも思われない。彼の検使への発言は、三つしか伝えられていない。一つは、「かねて知らせて置く可き事と思っていたが、暇がなかった。今日の事は、已むを得ざるに出たる儀であった」と家中に伝言を頼んだ事。上野介の負傷の経過を聞いた事。検使は、その心事を不便に思い、重態で一命のほど覚束ぬ、と答えた。もう一つは、介錯には、自分差料の刀を使用されたい旨許可を求めた。刀がとどく間に、料紙硯を乞い、辞世をしたためた。

こういう言い伝えが、みな本当だったとしても、又、この他に、もっと本当らしい言い伝えがいくつあったとしても、彼の心事を推測する足しになるだろうか。竹田出雲が、塩冶《えんや》判官という名を思い付いた如く、赤穂藩は、塩田で豊かで、彼は月並みな藩主として、うかうかと暮して来た。十七歳の少年時代、やはり勅使饗応掛りを勤め、首尾よく行ったのに、三十五歳になり、すこしばかり知恵がついたところで、又勤めてみたら、飛んだ失敗を仕出かした。彼は、上野介に切付けた時、思い知ったかと大声を発したと言われるが、それが確かでないとしても、思い知ったのは当人であった事に、間違いあるまい。ところで、彼は、何を思い知ったのか。

ここに、歴史家が、素通りして了う歴史の穴ともいうべきものがある。穴は暗い。それは、あんまり個人的な主観的な事実で、詰っている。そのようなものに、かかずらっていると、歴史の展望を誤るおそれがある。それは一応尤もな事だが、もう少し正直に考えてみよう。穴は過去の歴史の上に開いているばかりではない。私達の現在の社会生活の何処にでも口を開けている。窮境に立った、極めて難解な人の心事を、私達の常識は、そっとして置こうと言うだろう。そっとして置くとは、素通りする事でも、無視する事でもない。そんな事は出来ない。出来たら人生が人生ではなくなるだろう。経験者の常識が、そっとして置こうと言う時、それは、時と場合とによっては、今度は自分の番となり、世間からそっとして置かれる身になり兼ねない。そういうはっきりした意識を指す。常識は、一般に、人の心事について遠慮勝ちなものだ。人の心の深みは、あんまり覗き込まない事にしている。この常識が、期せずして体得している一種の礼儀と見えるものは、実際に、一種の礼儀に過ぎないもの、世渡り上、教えこまれた単なる手段であろうか。一種の礼儀だとしても、この礼儀が人間社会に下した根はいかにも深いものと思われる。今日は、心理学が非常に発達し、その自負するところに従えば、人心の無意識の暗い世界もつぎつぎに明るみに致される様子であるが、だが、そういう探究が、人心に関する私達の根本的な生活態度を変える筈はない。変えるような力は、心理学の仮説に、あろうとも思えない。私達は、人の心はわからぬもの、と永遠に繰返すであろう。何故か。

未経験者は措くとして、人の心はわからぬものという経験者の感慨は、努力次第で、いずれわかる時も来るというような、楽天的な、曖昧な意を含んではいない。これには、はっきりした別の含意があって、それがこの言葉に、何か知らぬ目方を感じさせているのである。それは、人の心が、お互に自他共に全く見透しのような、そんな化物染みた世間に、誰が住めるか、と言っているのだ。常識は、生活経験によって、確実に知っている、人の心は、その最も肝腎なところで暗いのだ、と。これを、そっとして置くのは、怠惰でも、礼儀でもない。人の意識の構造には、何か窮極的な暗さがあり、それは、生きた社会を成立させている、なくてかなわぬ条件を成している、と。私は、わかり切った事実を言っている。あまりわかり切った事実で、これを承知している事が、生きるというその事になっている。従って、この事実への反省は稀れにしか行われない、と言っているのだ。

尋常な暮しのうちに尋常に生きている私達の心は、人間についての、あまり抽象的な説明に出会えば、そこで何か不正が行われているように、或は何か滑稽が演じられているように、実に鋭敏に反応するものだ。これは生活人の一種微妙な警戒心なのだが、心理学や社会学に制圧された、現代の知識人は、人間生活に関する抽象的な、図式的な限定なり説明なりに対して、驚くほどこの警戒心を失って了っているように見える。「封建的なるもの」という言葉に対しても同じ事だ。強張った表情で対するだけで、まるで生きた反応を示していない。これは、精神の活力の或る衰弱を語るものではあるまいか。衰弱が、誇張された言論や、空威張りの行動となって現れるのも、見易い理ではないのか。

内匠頭の処分は、裁決に将軍綱吉が口をきいたが為に、喧嘩両成敗という当時の法の常識を全く無視した異例な仕儀となった。これは誰も承知していたところで、周囲は、皆内匠頭に同情した。それは先ずそういう事であったが、私が話を戻すのは、言葉には成りにくい彼の心事である。彼が、封建君主として、周囲と取結んで来た社会関係は、今まで、何んの支障もなく働いて来たのだが、ここで崩れ去った。

突然崩れ去っただけで、彼が長年慣れ親しんで来た、彼の君主意識が消え去ったわけではなかったろう。しかし、それが、その現実の内容、つまり、私達が今日封建的と呼んで差支えない内容を失い、夢と化さんとする事に、彼が気が付かなかった筈もなかろう。彼は、無論、これに心のうちで抵抗しただろうが、同時に抵抗の空しさもよく承知していたであろう。もし、これが彼の思い知ったという事ならば、彼の心事を、封建的と呼ぶのは、おかしな事だろう。更に言えば、これを単に或る心理的状態と呼ぶのもおかしな事だろう。

彼は、たしかに或る異様な心理状態に在ったが、ただ在ったのではない。同時に、否でもこれを承知していた。私の身も心も病んでいると意識する、その私の意識が病んでいる筈はない。思い知った彼の意識が異様な筈はない。この意識には、或る現実的な苦痛があるというより他、その内容を規定し難いという点で、異様なだけである。

私は、この思い知った男を、哲学者に見立てる積りはない。その必要もない。彼は、彼なりに、その心事を処理した。歌人となった彼は庭前の桜を眺めたかも知れぬ。だが、もう暇もなかった。——

「風さそふ、花よりもなほ我はまた、春の名残を如何にとかせん」——「風さそふ」は常套語だが、「花よりもなほ我はまた」というような拙劣な言い回しが、如何にもあわれである。そう誰もが感ずるこの「我」は、もはや、赤穂藩主でもなければ、その末路でもあるまい。ひたすら「春の名残」を思う一つの意識であろう。歴史から離脱して、「春の名残」と化さんと努めている一つの命の姿であろう。

又、それは、当時の人々も、今日の人々も、出会おうとするなら、いつも出会える自分達のうちに在る「我」であろう。わかり切った事だ。歌を味うとは、そういう事だ、と誰も知っている。だが、それが即ち内匠頭という歴史人物の辞世という歴史事件に出会う事だ、と言えば、もう私達は一種の困惑を覚えるのである。

通念の力は強いものだ。人間を、そのまとった歴史的衣装から、どうあっても説明しようとする考えが、私達は、日常、全く逆な知恵で生活している事を忘れさせる。刻々と感じ、考え、決心する私達の意識は、後になって、止むを得ず歴史の衣をまとうであろうが、今は、ただ前に向いた意志であろう。この歴史的規定を脱した意志がなければ、私達の現在という価値は保持出来ない。私達は皆そうして暮している。過去の人々にも、他のどんな暮し方が出来ただろう。過去をふり返れば、こちらを向いて歩いて来る過去の人々に出会うのが、歴史の真相である。後向きなどになってはいない。内匠頭は、刃傷しようと決心しているのだし、これから辞世を詠もうとしている。歴史家の客観主義は、歴史を振り向くとともに、歴史上の人々にも歴史を振向かす。それは、歴史の到るところで、自分と同じように考えている歴史家だけにめぐり会おうと計る事である。

既に述べたように、内匠頭が辞世を詠んだという確証はない。ただそう言い伝えて来たものかも知れない。ちっとも差支えない。伝説という言葉は、これを必要とした現実の人の心を思わずしては、意味を成さぬ言葉である。ただ伝説であって史実ではないでは、意味をなさない。仮りに内匠頭は、辞世なぞ詠まなかったという確証が別に見つかったとする。それなら、これは、辞世を詠んで欲しかった、辞世を詠むべきだという当時の人心の希《ねが》いもあった事を確証する。又仮りに内匠頭が辞世を詠んだという確証があるとしても、この歌は、どんな彼の心事を確証しているのだろう。彼は、歌によって、自分の心事はこうあるべきものと希ったに過ぎない。辞世は、彼の心的な或る史実の伝説である筈だ。屁理屈めいた事を言うようだが、史実自体は何んの意味も持たぬものだ、という事をはっきり考えて欲しいというより外他意はない。

事件をめぐって、当時の儒者達が、内匠頭と内蔵助との行動が、正しいか不正であるかを、やかましく論じていた時、近松門左衛門は、ただこれは芝居になると考えていた。事件は、先ず何を措いても劇的であると考えていた。実話芝居を書く事が許されていたら、勿論、彼はそれを書いただろう。だが、いけないと言われて、彼に、困る理由もなかったのは、「碁盤太平記」により、誰も知る通りだ。彼には、史実とは劇の結果に過ぎなかった。というのは史実は別様でもあり得たという事であった。劇作家のこの根本の考えの何処に空想的なものがあろう。私達は、同じ考えに基いてその日その日を送っている。先ず内匠頭の心中に劇が起らなかったなら、又、その最も鋭敏な見物人内蔵助の心中に劇が起らなかったなら、何事も始りはしなかった。のみならず、それがまさに二人の自ら欲したものでなかったなら、それを劇と呼ぶ事も出来まい。もし、私達が、歴史に対し、作為的態度を特に取ろうとしなければ、私達はおのずからこのように歴史を内面から辿る筈だと思う。封建武士達から、人間を救い出す道は他にないのだし、この道は私達の根底的な生活経験に直結してもいる。なるほど彼等は、人間性とか社会性とか個性とかいう現代語は知らなかったが、私達がこのような不器用な言葉で暗示しようとする或る定かならぬ基本経験を、彼等が経験していなかったと言うのは、無論馬鹿気た事だ。だが、歴史展望とやらをやっていると、これらの言葉を現代人の専売と思い込む虚仮《こけ》の一念が育つ。

内匠頭の心事に皆同情したが、内蔵助等の同情が最も自信あるものであったのは言うまでもない。この自信は、復讐の情念に裏付けられていたのだが、又、思想と教養とに支えられてもいた。封建的思想或は教養が、彼等にどう経験され、生きられていたかを想像してみるのは興味ある事だ。事件に関する少しばかりの知識を応用してみたいと思うのだが、これは次の機にする。

（文藝春秋　昭和三十六年一月）

忠臣蔵 Ⅱ

仇討の制度が禁じられたのは、明治になってからであるから、徳川期を通じて行われた仇討の数は、大小とりまぜ、どれほどあったろうか。堀部安兵衛などは、仇討は二度目である。彼が、高田の馬場に駈けつけたのは、伯父の果合い見届けの為という事であったが、伯父は既に重傷を受けていて、帰途自殺したから、先ず敵討同然だった。この種の、公には認められなかったが、習慣的な方式を踏んだ果合いまで数に入れれば、大変なものになっただろう。当時の人々には、恐らく仇討などは日常茶飯の事であった。まことに野蛮な事であったと言いたいが、世界の最優秀民族が、こぞって、前代未聞の野蛮行為をしたのは、つい先だっての事であってみれば、そんな口も利けないようだ。

現代の常識から言えば、復讐の公認なぞ馬鹿気た事である。血が血を呼ぶような事を許して、どうして社会の秩序が保てるか。仇討は、裁判所の処罰にまかせるのである。だが、まかせて了えば、それで、誰もさばさばしたかというと、決してそうはいかないだろう。復讐心というものは、そんなおとなしい生き物ではないだろう。菊池寛に、「或る抗議書」という傑作がある。主人公は、現代の常識人なのだが、彼は或る時、恐ろしい経験をする。自分が愛していた善良な妹夫婦が、無頼の強盗の為に惨殺された様を目撃し、殺害者に対して深い憎悪を経験する。勿論、彼は、相手が眼の前にいたら、ためらう事なく、相手を殺した筈である。やがて、犯人は捕まり、裁判所で死刑の判決を受ける。主人公は、この時、突然はっきりと感ずる。自分が今まで日夜想い描いて来たのは、仇敵というたしかに血の通っていた極悪人であったが、今は、社会的制裁を待つ犯罪者と呼ばれる、何かしら空漠たる存在に化したと。復讐を、裁判所の手に託してみたら、何か大事なものが、脱落して了った事をはっきりと感じた。だが、彼には、それが何んであるかを言う事が出来なかった。犯罪者は公平に審判され、彼は犯行を是認したばかりではなく、教誨師によって、悔悟し、キリスト教の洗礼を受け、歓喜して死刑を待つに至った。処罰とは何んと滑稽な事だろう。主人公には、妹夫婦の死に様が忘れられない。彼にとっては、善良な彼等への愛情は、殺人者への憎悪と離す事が出来ないのだし、この疑いようのない悪人の罪を、その人間から離して考えようもない。ところが、法廷は罪を憎んで、人を憎まずという建前であるから、この二つが両分する。法廷は、人を憎む事は出来ない。犯行を成立させた社会的或は心理的条件をことごとく分析し理解しなければならぬからだ。そんな事が出来る道理もないわけだが、ともかくやってみなければならない。やってみると、犯行は、次第に止むを得なかった行為に、必然的だった物の動きに似て来る。犯人はだんだん病人か狂人に似て来る。社会生活に単に不適当な人間を、どうして憎めよう。だが、法廷は、実を言えば、罪さえ憎んではいない。社会の秩序維持の為に、ただこれを恐れるだけだ。従って、極刑は死刑でなければならぬ、何んの理由も持たぬ。ただ、世間への見せしめという消極的な、且つ曖昧な目的を持つに過ぎない。それにしても、目的を定めた以上、合理的にこれを遂行して欲しいものだ。だが、見れば、やる事が逆である。折角、自分の罪を認め、どうしてこれを償おうかと苦しむ正直な素朴な被告に、教誨師などという余計なものを差向け、罪を犯した事を感謝させる。

自分は抗議する、と主人公は言う、しかし、誰に向って抗議するのか。誰が抗議に答えるのか。子供らしい抗議は空しいであろう。無論「或る抗議書」は、こんな風に分析的には書かれていない。作者は、ただ率直に、問うたのである。社会的制裁の合理性合法性が、人々の眼をかすめて、包み隠して了ったものは、一体何んであろうか、と。菊池寛は、心理的逆説を操る事巧みな作家であったが、これは彼の思い付きの単なる逆説ではあるまい。

「忠臣蔵」を軽蔑する新劇ファンも「ハムレット」なら喜んで見るが、復讐を是認しないで、「ハムレット」が見ていられるわけはあるまい。復讐の情念を奪えば、命を失う劇である点で、「忠臣蔵」と変りはない。ただ、ハムレットは、由良之助と比べると恐ろしく多弁な男であり、その科白にかかずらっていると、容易にその性格が摑み難いというところがある。性格上、「ドン・キホーテ」の単純に対し、「ハムレット」の複雑を言うのは、誰も知るところだが、ハムレットは、何んとなく人々がそう思い込むようになった懐疑派ではない。もし、彼が懐疑派なら、復讐の意味や価値について疑いを持つ事は易々たる事ではなかったか。殺したところで何になる、と。なるほど、彼は、人生の事凡《すべ》て疑わしい、と言った風な事をしきりに言うが、いったん彼に取りついた復讐の情念だけは疑いはしない。疑う事も出来ない。敵が、己れの犯した罪過を思い、神に祈るところに来合わせ、彼は、願ってもない敵討の好機と思うが、まてまて、ここでやっては、相手を天国に送り込むようなものだ、得意の頂上にいるときを狙って、思い知らさねば、敵討の意味はない、と思い直す。復讐は延びる、見物は焦《じ》れる。まさに作者が狙ったところであろう。

だが、作劇術というものはともかくとして、この科白は、ハムレットの鋭敏複雑な心の動きを要約したもの、或はその限界を示すものである。

彼は、最初に飛んでもない事を聞いて了った男だ。先ず亡霊の言を信じたから、実人生がことごとく疑わしくなった男だ。作者は、復讐の重荷を負った男の悩みを、雄弁多彩に語って、誤りはしなかった。恐らく作者は、ハムレットの言行の混迷や矛盾が、復讐の念自体の暗さから発している事を、はっきり見ていたであろう。「ハムレット」が悲劇であるのは、復讐の行為は、誰が演じても悲劇とならざるを得ないが為だ。復讐の観念自体が、悲劇的と呼んで差支えないものを、その本質とするが為であろう。この悲劇の達人が、これを承知していなかった筈はあるまい。「忠臣蔵」も亦、無論、悲劇である。「忠臣蔵」の完成者竹田出雲は、シェクスピアほど、悲劇というものを深く考えていなかったのではないかというような話は、又、別事である。その代り、由良之助は、ハムレットのように余計なおしゃべりはしない。これも亦別事である。

ハムレットは亡霊を見て、その言うところを信ずるのだが、これは何も奇怪な事ではない。内蔵助が赤穂にいて、ある日、早駕籠がもたらした口上書より、もっとはっきり見たものは、内匠頭の亡霊以外のものではなかった筈である。「或る抗議書」の主人公にしても、死者が口を利いたと信じなければ、抗議の根拠もなかった筈だ。いずれにしても、復讐心の根は定かならず、深く延びて、誰にもこれを辿る事が出来ない。その根は社会の成立とともに古いからだ。復讐という言葉の発明は、正義という言葉の発明と同時であった。

今日では、法が復讐を否認しなければ、社会は保てぬという事になったが、どこの国の人々も、復讐の掟を認めなければ、社会は保てなかった長い歴史の重荷を負っている。亡霊は、誰の心にも生きている。歴史の亡霊を、合理的に侮蔑してみるというような空想には、何んの力もない。私達が、めいめいの復讐心を、税金のように、政府に納入するのはいいが、そう取極めたからと言って、復讐の念を、たかが古ぼけた性悪な不安定な一感情と高をくくる理由は一つもないわけだ。キリストが、山上の垂訓で、「右の頰には、左の頰を」という飛んでもないパラドックスを断乎として主張したのは、「目には目を、歯には歯を」という人間的な余りに人間的な悲しい掟について考えあぐんだ上であった。トルストイは、「アンナ・カレニナ」の巻頭に、「復讐は我れにあり、我れ報いん」をかかげた。彼の作が証するが如く、人性観察につき、彼ほどの力量と眼力とを備えていた上での事なら、それもよかろう。口真似をすれば、直ぐ滑稽になる。

さて前置きが長くなったが、赤穂浪士の復讐事件は、日本の歴史に見られる復讐の典型的なものであるばかりでなく、比類のないものでもあるので、復讐というものに関し、この程度の事は予め考えて置かないと、これに近付き難いと思ったからである。元禄よりよほど前になるが、誰でも知っている荒木又右衛門の伊賀上野の仇討は弟の為であったし、翌年行われた、これも有名な奥平源八の浄瑠璃坂の仇討は、父の為であったという風に、仇討というものは、普通、血族中の或るものの為に、私怨を晴すのが目的で行われたものだが、赤穂浪士の仇討となると、まるで様子が変って来て、他に類例のない主君の為の仇討となる。彼等の相手は「冷光院（内匠頭）様御尊讐」なのであり、彼等の目的は、「亡主の意趣を継ぐ」にあった。他の仇討のように、彼等は、公儀の認可を得たのではない。徒党を組織し、血盟し、充分な地下運動を行い、実行の方法についても、実行後の進退についても、細目に至るまで計画し規定し、見事に成功したものである。感情の爆発というようなものでは決してなく、確信された一思想の実践であった。それも、徒党の三分の二以上の者が、かつては、赤穂のような小藩にもかかわらず、百石以上の知行とりであった。という事は、当時の知識人教養人の選良によって行われたものと言って過言ではない。

そこで、どうしても、事件の思想的背景とか、彼等の行動に影響したイデオロギイとかいう風な考えを、史家は抱かざるを得ないのだが、面倒は直ぐ起る。何故かというと、背景とか影響とかいう言葉は、あんまり便利すぎるからだ。便利過ぎて、現実の事件なり行動なりの説明が、あんまり巧く行き過ぎるからだ。仕事が、ちと巧く行き過ぎる、何かしらこれはおかしい、と反省するのは、まことに難かしい業である。ことに、この復讐事件では、当事者達の思想と行動とは一つのものであった。「忠臣蔵」が演じられる以前に、その現実の素材は、素顔の名優達によって名演されたと言える。これは必ずしも比喩ではなく、当時の世人は、そのように事件を直覚し、これに率直に反応し、感動したのである。

元禄時代は、家康の望んだ政治的秩序の完成した時代であり、武家を本位とする階級制度と世襲主義の尊重により、社会の権力関係が固定した時代だ。内憂も外患もない泰平の期に、文化の華が競い開いた。徳川期を通じ、文化の諸領域から抜群の人を選ぶと、ほとんどこの辺りに集中して来る。たしかに元禄は、徳川文化の頂点を示すのだが、頂点には頂点の危さという風なものがある。元禄文化には、何か危きに遊ぶようなものが見える。周知のように、文芸の世界では、近松、西鶴、芭蕉の三人が、この時代に現れて了うと、極端に言えば、後はもう何にもない。三人が登りつめた頂上の向う側は、本当を言えば、断崖絶壁であって、後人達は、まさか身を投げるわけにはいかないから、そろりそろりと下ってみただけだ。そういう気味合いのものが、三人の作にある。近松の詠嘆にも、西鶴の観察にも、芭蕉の静観にも、自分の活力の限りを尽して進み、もはやこれまで、といった性質があり、これは、円熟完成というより、徹底性の魅力である。学問の世界で三人と言えば、契沖、仁斎、徂徠だろうが、素人の推測から言えば、やはり儒学も仁斎、徂徠が歩いた先きは絶壁なのである。二人とも出来るだけ事物に即して物を考えたが、自力の極まるところ、絶対的な信仰への道を貫いて了った。和学の発達は、契沖以後と見られるが、宣長にも、契沖のような徹底した純潔は、もはや見られないのである。赤穂浪士の復讐も、全く元禄的創作である。

将軍綱吉ぐらい、津々浦々まで行きわたった幕府の制令を享楽した将軍は、徳川期を通じて一人もいまい。だが、彼くらい貧乏した旗本を抱えた支配者も恐らく少いだろう。元禄期の商人の社会的進出は著しいもので、その勢いの盛んな事は徂徠も「天地開闢《かいびやく》以来、異国にも、日本にもなきことなり」(「政談」)とあきれたほどだ。政策上の取極めでは、社会の最下級にある商人が、生活上の実力を完全に握った時代である。少しも完全にではないではないか、という議論は、いろいろ知恵がついてからの後人の批判であって、紀文も奈良茂も淀屋辰五郎も、何一つ憚《はばか》るところもなく、恐れるものもなく生きていた。いくらでも抜け道の見つかるこの取極めは、却ってまことに便利なものであり、遊里に這入れば、武士も町人もない、というところに、新興階級たる誇りを持っていた。文芸も学問も、多く彼等の間から生れたのも、この自信による。金力に追いまくられた武士は、道義上の優越感を最後の牙城と頼んで、これに対抗した。無論、武家の堕落は、著しかったが、その最後の自信は揺がなかった。これには、ただ武士の体面や体裁では説明し難いものがあり、武家の政治が、財力の政治に屈しなかったのも、ただ軍政的な外的な圧力だけからでは説明がしにくいであろう。

元禄は、両者の自信が、平和の裡に火花を散らした時期とも見られるので、この不安定が、綱吉のような、あまり悧巧でなかった立役者には、軽薄な形で露骨に現れているのも面白い。内匠頭の殿中刃傷の非常識な裁決などは問題ではない。仁の原理の主張の為には、切腹を命ずるのも、江戸中を犬の糞だらけにするのも平気であった。書を講じ孝養をつくし、男寵と能とに耽り、臣下に対して残酷であったが、気に入れば、成上り者を総理大臣にするのも辞せず、倹約令を濫発しながら、華美を好み、財政枯渇して、無用な土木建築をおこす、このような彼の度外れた生活の乱脈を思うと、当時勝手なことが出来た人間に、時代の不安定が、歴々と映じている想いがする。だが、映じているということは、不安定に負けた人間だからとも言えるので、元禄文化の精華を、努力して実現した少数の人々は、この不安定を回避せず、自分だけの工夫によって、自覚的にこれを切り抜けた人だと思う。そこに彼等の文化表現の調子の強い魅力がある。武士道の実現者も、無論、その例外ではない。

徳川の平和時代となっては、武士とはまことに厄介な戦国の遺物となった。徳川幕府の維持しようとした政治秩序とは、戦国の群雄割拠の状態を、そっくりそのまま固定した封建制の秩序であり、乱世の権力主義を、そのまま受け継いだ政治組織の下に、平和社会の秩序を保とうとしたものだ。武士が、御用儒学者によって、武士道という不自然な義務を負わされたのも、元はといえば、この矛盾から来ている。これは歴史家の好む考え方であるが、歴史を分析して、歴史の矛盾を得たところで、別段自慢にもなるまい。矛盾のない歴史などというものがある筈はないからだ。私は、文学者の習癖に基き、矛盾が、実際に、どう生きられ、どう経験されたかを想像する面倒を好む。

赤穂の徒党は、義人或は義士と呼ばれたが、無論、これは、元亀天正でももう理解しにくい事だろう。もっと先きに行けば、いよいよわけの解らぬ事になる。なるほど、「吾妻鏡」には、弓馬の道という言葉も忠臣という言葉も出て来るが、頼朝が、そういう言葉で理解していたところは、「清濁を分たぬ武士」の行動の掟としてである。実際に恩を蒙った人間に、実際に恩を報いたいという自然の人情に忠であれば足りたのであり、その人間が君主であるか朋友であるかは、当人が置かれた事情如何にかかわるに過ぎない。武士は、自己の利害に即した情誼によって人と契れば、何も恐れるものはなかった。弟の命が危いとなれば、尊氏には、天皇も違勅も問題ではなかった。自分は、兄弟の契りの為に死ぬ、八幡菩薩もお解りだろう、という事であった。鎌倉幕府の制令にも、その点空文はなかったのであり、執権時頼は、主従敵対の事は、「理非を論ぜず」、「沙汰に及ぶべからず」とはっきり令している。

戦国時代は、この意味の忠臣の乱立割拠の世であって、明け暮れ戦場で冒険し、生死を共にしなければならなかった主従の間に、厚い情誼が生れ、強い信頼が結ばれたのは自然な事だが、一ったん主従の志が違い、我欲が相反すれば、互に仇敵となり、権謀奸計を尽して戦うのも亦自然な事だ。戦国の生んだ幾多の勇士豪傑という自然児の簡明で充実した行動の掟のうちに、徳川期の武士道或は士道の種は播かれていた。環境の激変も、精神の伝統を断絶させるものではない。精神の歴史には、無意識の連続性がある事は、心理学の常識である。武士道とは、武士が自らの思い出を賭した平和時の新しい発明品なのであって、戦国の遺物ではない。自己を遺物と観じて誰も生きられたわけがない。彼等は、実在の敵との戦いを止めて、自己との観念上の戦いを始めた。彼等はかつての自然児が知らなかった苦しみ、思想を経験してみるという不自然な苦しみを知ったのである。

前にもふれたが、堀部安兵衛の伯父、菅野六郎左衛門のような男は、英雄でも豪傑でもない。名もない一介の武士であったが、満座の中で叱責した同僚から、或る日、果合いの申し出を受けた。彼は、相手に奸策のある事を推察していたし、行けば討たれる事も、討たれれば妻子が苦しむ事も承知していたが、刻限たがえず出向いた。彼は既に老人であり、血気に逸ったわけでもなし、無論、安兵衛の助太刀を当てにしてもいなかった。これはもう自然児の行為ではない。「武士が立たぬ」「一分が立たぬ」という観念が、彼に取り付いたのである。もし、体面という言葉が、今日のように軽薄な意味しか持っていなかったなら、彼には、体面を保って、如何ようにでも、この場を凌ぐ策もあっただろう。孤独な道徳というものはない。世評ばかりで体面が出来上るのでもない。彼の行為は、結局、エゴイストの行為ではないか、偏狭なエゴイストの或る種の固定観念の動きではないか、そういう考えも、想像力を欠いた空疎な分析を出られまい。何んであれ、人のして了った行為を、傍人が溯って分析すれば、自動人形のからくりの他に何が得られるだろうか。率直に、この老人の置かれた状態に身を置いて思えば、何か恐ろしいものがはっきりと見えて来るだろう。不自然なもの、自然の性情に逆うもの、逆わなければ生きて行かれぬ思想というものの裸の姿が見えて来るだろう。

徳川政府は、前時代から持ち越された戦国殺伐の風を矯《た》めようとして、しきりに文治政策を行ったのだが、一方、武家の圧政に好都合な制度は、飽くまでも温存しようとした。武士道というイデオロギイは、そういう矛盾した社会構造にしっくり当てはまる構造を持っている。そういう社会の物的関係をモデルとして、思想史を考えようとする考え方が、置き忘れて来るのは、いつも思想の自発性である。イデオロギイとは文字通り、観念の形体であって、その中身を空っぽにしなければ得られないものだ。又、事実、思想は、その中身を失い、社会通念として流通して、はじめてわかり易い、眼につき易い形を取るものだ。肉体の形は誰の眼にも這入るが、その生き死にする理由は深く秘められているが如く、思想の自発性も、その発想者の或はその体験者の心深く隠れたがるものだ。そこに、人間的な思想史を辿る困難がある。武士道の思想も、その形式化し、偽善化し、思想としての命を失ったところにこれを求めても、別段面白い事はない。

武士が戦いを放棄し、平和時に、その身分を保持しなければならなくなった政治社会的現実と、例えば、私が書いただけでも、当時の武士は政治社会的現実などという言葉を全然知らなかったという事実を、読者に忘れさせるに足りるであろう。この言葉を濫用している現代人には、現実世界は、自由な批判に屈し、現状維持にも革新にも革命にも応ずると言った姿に映ずる傾向があるが、当時の武士達には、勿論、そんな心理傾向は無縁であって、彼等は、ただ退引きならぬ世の転変をそのまま受け納れて、これに黙して処した。これは、原理的には簡明な事で、行動人から知識人への転向であったが、各自の経験からすれば、彼等の胸中にあった戦国の主従の契りという不文の行動の掟の意識化を、生活の必要から強いられたという複雑な大変緊張した経験であった筈である。これは又、彼等の知識なり教養なりは、現代の知識人や教養人の殆ど考えにくい責任感と自信とに貫かれていたと考えてよいと思われる。彼等に言葉を供給したのは儒学であった。この問題も錯雑したものだが、又の機にしよう。

（文藝春秋　昭和三十六年三月）

学問

私の書くものは随筆で、文字通り筆に随うまでの事で、物を書く前に、計画的に考えてみるという事を、私は、殆どした事がない。筆を動かしてみないと、考えは浮ばぬし、進展もしない。いずれ、深く私の素質に基くものらしく、どう変えようもない。忠臣蔵について書き始めた際も、例外ではなく、まるで無計画で始めたのだが、やがて書いているうちに、我が国の近世の学問とか思想とかという厄介な問題にぶつかるであろう。又、ぶつからなければ、面白くもあるまい。それ位な見当は付いていた。戦争を止めた武士達の意識や教養に、言葉を供給したものは儒学であった。武士道の背景には、朱子学があった。ところが、厖大《ぼうだい》な朱子学の大系の分析などが、私のようなものに出来るわけがないのは解り切った事だ。筆に随って書いて来て、まことに面倒な次第になったとは思っているが、まあそれはそういう事で、致し方ないとして、常識と随筆的方法との用意があれば足りる事だけは果そうと思うのである。

封建思想とか封建社会とかいう言葉が、史家の使用する便宜的呼称である事は、誰も承知している。例えば、近世封建社会と言ったところで、鎖国という枠にはめられた、徳川期の独特な文化の生態を、決して尽くせるものではない。解り切った話だとは、誰も言うが、さて、承知しているのか、承知している積りでいるのか、容易には解らぬものだ。言葉に惑わされるという私達の性向は、殆ど信じられないほど深いものである。私達は皆、物と物の名とを混同しながら育って来たのだ。物の名を呼べば、忽ち物は姿を現すと信ずる子供の心は、そのまま怠惰な大人の心でもある。歴史家達が、歴史を解釈し、説明する為に使用する言葉の蔭に、何かがある、その何かがあるという事と、彼等がどんな言葉を便宜上選ぶかという事とは全然関係のない事である。そんな簡単な事柄も、精神の或る緊張がなければ、私達は、直ぐ失念して了うのだ。歴史を説明する手順に筋が通れば通るほど、それが精しくなればなるほど、歴史自体が、そういう手順なり手続きなりの合成物と映って来る。歴史と歴史の説明の仕方とが、どうしようもなく混同されて了う。そうなると、歴史というものは合成物というより、むしろ一種の有機体だ、と言ったところで、何を古くさい事を言うか、という事になる。歴史という一種の有機体に応ずる一種の感覚が紛失して了い、それにもう決して気付こうとはしないからである。

赤穂の徒党は、山鹿流の陣太鼓で、吉良邸に討入ったと芝居はいう。講談の「山鹿護送」では、護送を宰領したのは大石良雄だった。これらの伝説中で、一番面倒なのは、良雄の武士道が、山鹿流であったという伝説であろう。だからこそ、こんな回り道もしているわけだが、その山鹿素行が、赤穂謫居《たっきょ》中に、「配所残筆」という自伝を書いた。その中で、自分が「中朝事実」を書いた頃を回想し、自分の歴史家としての成熟と開眼とを、こんな風に語っている。――「耳を信じて目を信ぜず、近きを棄てて遠きを取り候事、是非に及ばず、誠に学者の痛病に候」――無論、彼が学者というのは、特に歴史学者を指すのではない。学問の専門化は未だ明らかではなかった。だが、学問の眼目が、古典の研究にあるとは当時の学問の常識であったから、素行は、古典の訓詁注釈を信ずるな、古典という歴史事実に注目せよ、と言ったのである。耳を信ずるな、と言ったのは、無論、何んの努力をしないでも、耳に聞えてくるがままに理解出来る知識に頼るなという意味だが、目を信ぜよ、とは、眼前に見える事物を信ぜよという意味ではない。心の眼を持て、と言ったのだ。史眼とは心眼の事だ、と言ったのだ。「日本書紀」という古典の奥から現れて来たものは、心であって、物ではない。どうして心の眼より他に、これを捕える事が出来ようか。

　歴史という精神の事実は、肉眼に映らぬが、心の工夫如何によっては、心に映じて来るものだ。自分も顧れば、長年の間、心の工夫を怠って来た。今こそ心眼に映ずるところを、即ち最も「近きを取る」に至ったが、見ようとしても、尋常に構えていてはもともと見えて来ないものなのだから、学者達が訓詁の遠きを取るのは、「是非に及ばず」と言うのである、つまり、是非ない学者の性向がある、学者の知らず識らずの患いというものがある、というのだ。素行の確信したところに思い至らず、彼の「書紀」の分析の未熟を言うのはやさしい事だろう。それよりも、今日は今日で、歴史家の是非ない患いがありはしないか、それとも史家の方法の進歩という薬で、病いは癒えたのかどうか、問うてみる方が有益であろう。歴史事実が、肉眼に映らぬ事は、今も昔も変りはないのだし、歴史学の対象の眼目となるものが、古い言葉である事も、変りようがないからだ。素行は、今日の言葉で言えば、本当に歴史というものを知りたいのなら、訓詁注釈の如き補助概念に頼るな、と言ったのだが、今日の歴史家は、生物学、心理学、社会学、等々の補助概念の多きに苦しんでいるのか、それとも、これを楽しんでいるのか。

　素行という人は、十一歳になると、もう、二百石の知行では如何かと、或る大名から請われたほどで、十五六歳の頃には、衆人の前で開講する押しも押されぬ師となっていたという早熟児であったが、当時、学者の早熟という事は、さまで珍らしい事ではなかったようである。というのは、当時の学問の性質が、一般に早熟を許すものだった、という事だ。碁打ち将棋指しの早熟が、碁将棋というものの性質から来ているとも考えられるのと同じ事で、言わば、盤面が限られているように、学ぶべき書は限られ、その読み方にさえ定石があったという事だ。これは、詰らぬ事のようだが、仲々そうではない。当時の学問の定石的性質が、林家の官学となって、そのまま固定し形式化したという事は、成るほど詰らぬ事だが、近世のわが国の学問の真価は、民間学者達の官学への攻勢に現れたとするのが、誰も言う通説なのである。だが、大事なのは、彼等が、どう勝負して、どう勝ったかにある。彼等は「邪説を学ぶ」者とされたが、彼等にしてみれば、邪説を学ぼうにも、凡そどんな学問上の新知識も手に入れる事は出来ない状態に置かれていたのであり、言わば鎖国という盤上で、奇計鬼手を用いる余地は全くなかったのである。私は、比喩的な言を弄しているのではない。勝負は、文字通り、ただ、読みの深さという事で決ったのである。今日の学問の概念には親しい、新事実の発見、新仮説、新法則、そのようなものを、彼等は夢にも思った事はない。その点で、当時の学問とは、学というよりむしろ芸に似ていた。彼等の思想獲得の経緯には、団十郎や藤十郎が、ただ型に精通し、その極まるところで型を破って、抜群の技を得たのと同じ趣がある。彼等の学問は、彼等の渾身の技であった。この特色に着目せず、彼等の思想を、その理論的構造の面から解しようとしても無駄である。思想史を、社会の理論的構造にぴったり合った意匠のように解する悪習に慣れれば、思想史とは、単なる社会の衣更えに見えても来るだろう。今時、そんな着物が着られるか、で済す事にもなるだろう。

彼等は、皆、読書の達人であった。素行や仁斎の古学と言い、徂徠の古文辞学と言い、近代的な学問の方法というようなものでは、決してなかった。彼等は、ただ、ひたすら言を学んで、我が心に問うたのであり、紙背に徹する眼光を、いかにして得ようか、と肝胆を砕いたのである。国学者の物学びでも同じ事だ。例えば、宣長の学問には、既に近代的意味での文献学的方法があったというような事を言いたがる。余計な世話を焼くものである。そんな空世辞を言ったところで何も得るところはない。得られるところは、ただ宣長の思想の幼稚と矛盾とだけである。宣長は、自身も言うように、ただ物を「おほらかに見た」ので、客観的にも実証的にも見たのではない。おおらかに見るという心の眼を開いてくれたのは契沖の書物であったと彼は言う。では、契沖は、何によって開眼したのか。残念ながら、契沖は語っていないが、どの契沖伝も、信ずるに足る事件として、次のような話を載せている。

契沖は、貧しい武士の家に生れ、幼少にして、寺にやられた。以来、彼の学問は高野山で行われ、阿闍梨《あじやり》の位を受けたのは二十四歳であった。学成ったが、楽しまず、托鉢の旅に出て、たまたま室生に至った。室生寺に行った事のある人は、誰も大野寺の磨崖仏の美しさを忘れる事は出来ないだろう。樹木と渓流とを隔て柱状の岩壁がそそり立ち、十数丈の弥勒《みろく》の巨体が刻まれている。契沖は、其処で、自殺を計った。其処で、だかどうかはわからない。私がただ其処だと思っても別に差支えなかろうと感じているまでだが、ともあれ、事件については、弟子義剛の一文の他に何もない。「室生山南ニ一巌窟有リ、師其ノ幽絶ヲ愛シ、以テ形骸ヲ捨ツルニ堪ヘタリトナス、スナハチ首ヲ以テ石ニ触レ、脳血地ニ塗ル、命ヲ終ルニ由ナク、已ムヲ得ズシテ去ル」。自殺の動機の詮索などどうでもよい。義剛の文が、当時の学問の姿を映している。書は既に読まれ、後は首を以って石に触れるのみ、という姿を感じ取ればよい。契沖が下河辺長流という友人を得たのは、丁度その頃だ。已むを得ずして去った契沖は、日本の古典に、弥勒の姿の映ずるのを見たかもしれないのである。

戦国時代が終り、朱子学が、家康の文教政策として固定してから、実は、思想上の戦国時代は始ったと言える。中江藤樹の直弟子熊沢蕃山は、「天地の間に、己れ一人生きて有ると思ふべし」と言っているが、近江の農夫の子から身を起した藤樹にとっても変るところはないであろう。これには、秀吉が尾張の百姓から出て、天下を取ったのと同じ気味合いのものがあるので、ただ、二人の天下の意味が違うだけだ。藤樹は、戦国の兵乱を、「天下の大不幸」と呼んでいるが、この大不幸によって養われた己れ一人の実力に頼るという覚悟は、徳川初期の学問上の群雄には皆あったのである。藤樹は、この精神的実力を心法と呼んでいるが、心法とは、仏語であろう。言うまでもなく、宋学は禅学とともに這入って来て、所謂五山文学となって開花した。吉川幸次郎氏の説によれば、日本人が漢文の読み書きに最も熟達したのはその頃で、その点で五山の禅僧達が到達した水準は、恐らく今日の外国文学研究者達を抜いていたと言う。専門家の説を信じて、思うのだが、儒釈不二の考えが、長い年月をかけて成熟し、知識人の極めて高度な人間的教養として経験された一時期を持った以上、天下の兵乱もこの思想的伝統を断絶させるわけにはいかないのである。総じて、外的な政治力は、思想伝統の生き死にを、本質的に左右する力は持たぬものだ。足利初期に成熟した学問的雰囲気が瓦解し去って、何も彼も新しく始めなければならなくなった時、学者は、僧服を官服に脱ぎ代えたのだが、学問の制度の一変が、学問に新しい命を吹き込むわけにはいかなかった。家康も羅山も、学問の新しい利用法を思案したので、学問の志を新たにしたわけではない。学問上の心機一転は、やはり個人個人の工夫によらねばならなかった。今更、僧服の如きは思いも寄らぬが、さりとて着るものもない、実力以外頼むに足らぬと思い定めた学者に、古い命が新しく息を吹き返す。見性成仏と言われたところが、藤樹では、見性成道となる。

そういう次第で、彼が、しきりに言う心法とか心学とかいうものは、到来する新事態に応じて行くのが学問の道ではない、已れ一人生きて有るなりというところに立ち還って工夫するという事であった。立還ってみると、自ら古い内観が、新しい力を得たという事だったろう。前にも触れた事だが、当時の学問の対象は古典であって、今日の学問のように、事実を対象として、その観察の領域を拡げて行くという道は採らず、ひたすら古言の吟味、それも限られた古言を読んで読み抜いて自得するという道を行ったのだから、心法と言われるような、一種の内観が重んじられたのは当然である。従って、これは、当然、言葉に関する一般的な、概念的な理解への侮蔑を含む。「心学をよくつとむる賤男賤女は、書物を読まずして読むなり。

今時はやる俗儒は、書物を読みて読まざるにひとし」という事になる。

藤樹に学んで、心法の要を悟った蕃山は、「朝夕、一所にをる傍輩にも、学問したる事を知られず、書を見ずして、心法を練ること三年なり」と言っている。蕃山のように、心法を練るのに、書を捨ててみた人もあったが、反対に、仁斎のように、飽くまでも書に固執してみる法を取った人もある。語孟の二書をとって熟読翫味、それも尋常な事では駄目で、「之を口にして絶たず、之を手にしておかず」という具合に、これに反復沈潜していれば、遂に、「其の謦咳《けいがい》を承くるが如く、其の肺腑を視るが如く、真に、手の舞ひ、足の蹈むところを知らず」というところに至るものだ、と言う。実際、彼は、当時、早熟児童でも講義出来た論語を注解するのに五十年もかけている。耳に聞いて、誰にもわかる字義も脚注も信ずるな、正文に還って、これを熟読精思し、その実義を、「心目の間に瞭然たらしむ」べし、と教える。無論、これは、当時一般化された訓詁注釈の学問の否定であり、学問は、学者の忍耐強い自得に俟つと説く事だ。彼も亦、藤樹の言う「自己の心裏に固有なる」心法を執れと言うのだ。ところが、面白い事には、当時、空を観ずるとか、無を観ずるとかいう心法は、通念化されていたらしい。「無の見、はやりものにて候」と蕃山は言っている。仁斎も、若い時、この「はやりもの」を信じた事がある。後年、当時を回想して、「将に一生を誤らんとせしが如し」と言っている。禅に、白骨の観法というものがあって、彼は、これを修したのだが、次第に工夫熟して、わが身が、白骨と見えるばかりではなく、人と語っても白骨と対談するように思われ、「万物皆空相あらはれて、天地もなく、生死もなく、山川宮殿までも、皆、まぼろしのやうに思はれ侍候」、そこで、彼は、まことにはっきりした認識を語っている。「これ僕が静座する事久しくして、心地霊明なるの至り、自然に気付きたる見解にて、天地の実理にあらず、仏者の人倫をすて、日用にはなるる皆此理より来れり、尤もとおぼえ侍り」

仁斎の言うところは明瞭であろう。静座という人為的な条件を設けて、これに従っていれば、やがて心がこれを模するに至るのに不思議があるか。酒を呑んで、酔に至るのと同断である。得たものは心理であって、真理ではない。それに気付かぬのが、所謂悟道者の病だ、と蕃山は言っている。地獄極楽など、要もなきものを案出し、さて、つらつら思えば、さようなものも無し、と悟る。それでは、ただの人に成っただけの事ではないか。「たゞ人なれば、せめてにて候へども」迷いから覚めたという自満の心を生ずるとはたわけた事だ、と言う。そういう次第で、無論、学者各人の心裏に固有な心法を定義するわけにはいかないが、彼等の著作に現れた

「己れ一人生きて有ると思ふべし」という学問への態度は共通であり、それは、熱い想いの如く、今日の読者の心にも通ずるものであり、この学問への自己集中から、依頼心への共通した否定精神が生れ、悟道に頼る悟道者や脚注を軽信する俗儒の空しさが看破される。

新興学問の雄は、皆読書の達人であった、と前に書いたが、これには今日の読書という通念からすれば異様なものがあるので、読書するとは、知識の収集ではなく、いかに生くべきかを工夫する事であった。例えば、読書について、「心に合すること有りと雖も、益々安んずる能はず。或は合し或は離れ、或は従ひ或は違ふ。其の幾回なるを知らず」と仁斎が語るところを読めば、恋愛事件でも語っているように見える。実際、彼は書を読んだのではなく、書という事に当ったと言えるのだ。これを想わず、彼を現代風なテキスト・クリチックの先駆者などと言ってみても始らない。

彼等の学問が、事実を重んぜず、書物を重んじたと言ってみたところが、彼等にとって、書物とは、疑いようのない与えられた心的事実であった事を忘れては意味をなすまい。特に、事実という言葉に惑わされて、唯物論的世界観という白骨の観法を修している学者もいるとなれば、尚更の事である。

仁斎の読書法では、文章の字義に拘泥せず、文章の語脈とか語勢とか呼ぶものを、先ず摑め、と教える。個々の動かぬ字義を、いくら集めても、文章の語脈語勢という運動が出来上るものではない。先ず、語脈の動きが、一挙に捕えられてこそ、区々の字義の正しい分析も可能なのだ。訓詁学者は、逆のやり方、道理上不可能なやり方をしたがるから、自己流に陥り、勝手に聖人の思想を再構成する事になる。歌に動かせぬ姿がある如く、聖人の正文にも、後人の補修訂正の思いも寄らぬ姿がある。

この姿は、或る現実の人間の内的経験を象徴或は暗示しているものであり、これを「心目の間に瞭然たらしむる」心法を会得しなければ、真の古典批判は出来ぬ、と仁斎は考えた。心法が何処に書いてあるわけではなし、一ったん覚えたらそれでよいという性質のものではなし、得ては失い、失っては得て、論語を読むのに五十年もかかった次第であるが、大事なところは、今日、主観的とか客観的とかいう言葉は、まことに曖昧に使われているが、その凡その意味でも、彼の心法を主観的方法と片付けられない点である。彼の心の工夫は、語孟二書という確乎たる研究対象にいつも立還っていたのであり、彼が、悟道者達の心法の空しさを言ったのも、彼等の心の工夫には、実体がない、実在の対象がない事を言ったのである。従って、彼の心法は独特だったに違いないが、彼の勝手な思い付きでもなければ、任意に都合の付く方法でもなかったわけで、対象の性質の直覚から必然的に導かれた、対象に即した方法だったと言える。ただ、この対象が、精神の事実という甚だ不安定な事実だったというところが、事を面倒にしただけだ、と考えて差支えないであろう。

今日の学問は、書物の観察を主眼とし、精神的事実も、一応事物化してから仕事にかかる、という建前になっているが、そういう今日の学問の通念から離脱して見てみる事が、必要であろう。そういう通念を透して眺めたがるから、視線が屈折し、仁斎の学問の姿が、歪んで了う。率直に見れば、彼の方法の率直な精気は、自ら明らかであって、誤りも、未熟もない。「大学」批判に際して、彼には、今日の所謂客観的資料は、いくらでも欲しかっただろうが、豊かな資料を呈供されたところで、これを生かすも殺すも彼の精神に、はっきり聞えていた孔子という人間の言うに言われぬ謦咳だった事には変りはあるまい。彼が、回避しなかった、古典研究のこの本質的な困難は、現代にも変りなく厳存しているではないか。

仁斎の言う「学問の日用性」も、この積極的な読書法の、極く自然な帰結なのだ。積極的という意味は、勿論、彼が、或る成心や前提を持って、書を料理しようと、書に立ち向ったという意味ではない。彼は、精読、熟読という言葉とともに体翫という言葉を使っているが、読書とは、信頼する人間と交わる楽しみであった。論語に交わって、孔子の謦咳を承け、「手の舞ひ足の蹈むところを知らず」と告白するところに、嘘はない筈だ。この楽しみを、今、現に自分は経験している。だから、彼は、自分の論語の注解を、「生活の脚注」と呼べたのである。

学者が、その仕事の責任感や使命感を、現に感じているその無私な喜びの上に置いていているとは貴重な事である。ここに、現代の経験主義に依る学問が、殆ど忘れ果てようとしている、別種の人間的な経験主義が見られるように思われる。

（文藝春秋　昭和三十六年六月）

「見聞広く、事実に行わたり候を、学問と申事に候故、学問は歴史に極まり候事に候」、これは、徂徠の言葉である。古典の現代語訳という事が、今日流行している。この文章も古典であるから、現代語訳を必要としているのだが、見れば、現代語で書かれた古典のような形をしている。言葉というものはむつかしい。徂徠は、この言葉の発する難問を、簡略に、だが、意味深長に言っている、「世ハ言ヲ載セテ遷リ、言ハ道ヲ載セテ遷ル、道ノ明カナラザル、モトヨリ之ニ由ル」と。

仁斎の学問の文献学的な方法は、徂徠に受けつがれて、拡大されたと言われる。今日のようなはっきりした形で在ったのではないが、そういうものの先駆的な形、そういうものの萌芽は、明らかに彼等の仕事に覗える、とする。こういう説を、頭から否定しようとするのではない。そんな事は、道理上出来はしない。今日、私達が持っている知識を、過去の人の仕事の或る面に結びつけて考えていけない理由はないからだ。私の言いたいのは、ただ次のような事である。事の萌芽は確かにあったと考えてみるのは差支えないが、そう考える時、萌芽という言葉は、事を成就した当人の発明品であり、従ってその言葉の真意は、当人にしか理解出来ないものであったという、その事を心に止めて置く事は、大変困難な事だ。人間の仕事の歴史をさかのぼり、いろいろな処に、先駆者を捜してみるのも、歴史を知る一法だが、一法に過ぎない。例えば、先駆者徂徠は、私達が歴史を回顧して、はじめて描ける像であり、それは徂徠の顔というより、むしろ私達の自画像である。これを忘れて了うのは愚かであろう。歴史を知る一法は、歴史を忘れる一法と化し兼ねないのである。

現代の知識人を風靡している歴史理解の型というものが出来上っている事が、この徂徠の言う言葉の発する難問に対する一種の無抵抗に、直接由来しているのは、争われぬように思われる。歴史の発展とか、歴史の必然とかいう言葉に塗りこめられた陽の目の見えぬ小屋に、歴史の客観的理解というランプが点った荒廃した或る頭脳を、私は想い描く。何故、この頭脳は、歴史に先駆者ばかりを見たがるか。先駆者が、充分に先駆的でなかった事を発見し、歴史的限界という言葉を用いて、歴史的理解を整えたがるか。解り切った事だ。自分を未来の先駆者だと思っているからだ。強迫症を捕えて離さぬ固定観念のように、この頭脳のなかでは、それが歴史の意味だ、という言葉が鳴っている。彼の言葉への服従は完全であるから、この患者は、決して苦痛を訴えはしないが、当人の知らぬ症候は明らかであり、それは、現在の生との接触感の脱落なのである。彼は、もはや自分自身と応和してはいない。自分の現在の生に誓って、言動を生み出す事が出来ない。意志は計画打算となり、希望は野心となる。自己の現在を失ったものに、過去の人間の現在が見えて来る筈はないだろう。二度と還らぬ過去の人に出会うには、想像力を凝らして、こちらから出向かなければならないのだし、この想像力の基体として、二度と還らぬ自分の現在の生活経験に関する切実な味い以外に、何もありはしないのだ。現代風な歴史理解の型で、歴史の展望を言う時、これには、歴史の方へ、こちらから出向く労は御免だという意味しか、実はない。歴史の意味という呪文を唱えれば、歴史は向うから、こちらに歩いて来る、と信じているなら、それは科学の仮面を被った、原始的呪術の名残りに過ぎぬと言われても仕方があるまい。この辺の問題の解明が、所謂歴史哲学に期待出来るのかどうか知らない。疑わしいと思っている。だがこういう事は言えるのだ。友を得る為には、友を自分の方に引寄せればいい、そんな道が、友を失う道に過ぎないとは、生活経験に基く知恵には、はっきりした真理である。

この種の知恵を現代風の歴史理解の型が忘却しているのを、常識は笑ってもいいのである。

宣長は、漢意によって、国文を読んではならぬ、と教えた。そんな事なら、宣長の本文を読まぬ人でも知っているが、本文には本文の文脈の動きがある。漢意を通して国文を見るな、と繰返し、くどくどと、彼が語るのを聞いていると、いくら繰返し言っても足りはしない、聞き手のもう解ったという言葉など信用出来はしない、そういう彼の心持ちが納得出来てくる。此のくどさこそ、この学者の良心に、確信に、要するに、この人の人格に繫がるものだという事が見えて来る。徂徠も、今言を以って、古言を視るなとくどく教えたが、これも、説いて説き尽せぬ教えであった事に変りはあるまい。その自覚の深さが、彼の豪《えら》さに繫がる。

徂徠は、晩年、「愚老が懺悔物語」と言い、こんな話をしている。御小姓衆の四書五経素読の吟味役をやらされた事があった。毎日、朝六時から、夕暮四時まで、読人を前に、坐り詰めの労役で、夏の日永などには疲労はげしく、とても吟味どころではない。相手が書物の紙を返しても、こちらは返しもせず、読人と吟味人と別々となる有様であったが、こうして、「注をもはなれ、本文ばかりを、見るともなく、読むともなく、うつらうつらと見居候内に、あそこここに疑ども出来いたし、是を種といたし、只今は、経学は大形此の如き物と申事合点参候事に候」、自分の学問の土台となったものについては、「本文ばかりを、年月久しく詠《なが》め暮し」たという他に別に仔細はないのだ。「注にたより、早く会得いたしたるは、益あるやうに候へども、自己の発明は、曾て無之事に候」

彼の語るところは、蕃山や仁斎とは又風が変っていて面白い。いずれにしても、学問の方法を語るより、むしろその秘訣を語る。今言を以て、古言を視るなとは、言われればすぐ守れるようなやさしい忠告ではない。古言には古言に固有な姿がある。今言に代置されて会得されるのを拒絶している姿がある。これに出会うのがむつかしいと言うのである。書は、こう読めとは、はっきり言えぬ事だが、こう読んではならぬ、とは、はっきり言っている。書を読み、古言今言などには係りなく理解するという読み方が一番いけない。彼は、「書ヲ読ンデ、理ヲ求メル」「書ヲ読ンデ、理ヲ講ズル」道は、学問の邪道である、と説いて飽く事がない。凡そ学問は、歴史に極まるのであって、理に窮まるのではない、徂徠が、仁斎に豪傑を見たのは、通説通念にしてやられるのは学者ではないとする、その不抜な態度であったが、当時の学問の基本的な通説通念とは、宋儒の学説であった。「天下ノ理、暁然トシテ洞徹シ、疑惑スル所ナキヲ以テ解トナス」、徂徠は、こういう考え方をひどく嫌った。学者どもは、理という酒を食らって酔い、口を開けば、道徳仁義天理人欲の管を巻く。聞いていると反吐《へど》が出そうだから、琴を弾じ、笙を吹く事にしている、と言っている。

一理のうちに収ったこの世の如きは死物である。「天地も活物、人も活物に候故、天地と人との出来合候上、人と人との出来合候上には、無尽の変動出来り、先達て計知候事は不ㇾ成物に候」、この無尽の変動が歴史であり、これは、理に酔った眼に見えるものではない。歴史という物が見えず、歴史という事実を知らず、歴史に理ばかり読んでいるなら、いっそ歴史という言葉を口にしないがいいのだ。ところが、やはり歴史歴史と言いたがる。この辺がむつかしい。窮理の道を進めば、歴史の流れは、暁然として、先達て計り知る事も出来ると説きながら、例えば、程朱の学問には、まことに肝要な事が説かれているが、これほど肝要な事を、何故古の聖人は説かなかったか、と聞けば答えられない。程朱の説を是とするなら、孔子が程朱に劣る事は分明ではないか、と言えば返答に窮する。古の聖人の教法至極ならば、程朱の如きを何故一流と言うか、これもはっきりしない。そんな時に、歴史という言葉を口走るに過ぎないのだ。「論ここに至り候得ば、多くは、時代の不同などとすべらかし候事、後世利口の徒の申事に候」——さて、そういう次第で、徂徠が、彼の全思想を託した「歴史」とか「事実」とかいう古言の含みを知るのは大変むつかしい事が解る。

徂徠は、「理ハ定準無キモノ」だという事をしきりに言う。理は、凡そ事物に自然に有るものだが、この事物の条理を推度《すいたく》するのは心である。だが、人々の心は、その面の殊なるが如く殊なるのであるから、物の理を言うと言っても、実は、各人が、自分に見える所を見えると言い、見えない所を見えないと言っているに過ぎない。つまり、定準がない。だから定準を得ようとして、理学者となり、窮理に赴くのだが、天下の理を究める事は誰にも出来まい。聖人には出来るかも知れないが、私達は、誰も聖人ではないだろう。聖人を知るのは、独り聖人のみという事が真ならば、聖人は、理の極に立つと言うのも、こちらの注文に合わせた、勝手な見立てで、「雷は太鼓をたたき、鬼は虎の皮の下帯をいたしたる物と存候児女子の心と、宋儒の説に従ひて、聖人を思ひやり申候と、左迄は違不ㇾ申と存事に候」

かような見立てから学問をしているから、先生は聖人に成りたがり、やかましい事を言って、弟子を聖人に仕立てたがる。もともと成らぬ事を成そうとする。これは、学問ではない、「物好き」である。「物好き」の説に従い、誰も彼もが聖人たらんことを求めるのは、気質を変じて渾然中和し、人欲を浄尽して、天理渾然の人たらん事を求めるに外ならず、それでは、諸君は「米ともつかず、豆ともつかぬ物に成たきとの事に候や。それは何の用にも立申間敷候。又、米にて豆にもなり、豆にて米にも用られ候様にと申事に候はば、世界に左様なる事は無レ之事に候」理に定準がないのは、「理ハ適《ユ》キテ在ラザル無キ者」だからだ。理屈はどうでも付くとは、理屈本来の性質なのであり、理は独り歩きして、世界に無レ之ところに行っても、理は理なのである。何故、理のこのような妙な性質に気付かないかと言うと、学者達は、理を心に求めざるを得ないでいるに係わらず、心というものについて思うところが浅薄だからだ。「心ハ人身ノ主宰ナリ」くらいの事は承知しているが、そんな事を通り一遍で、承知して、「心法理屈ノ説」を説いても駄目である。孔子も言っている。心は「操レバ存シ、舎《オ》ケバ亡《ナ》シ。出入時ナク、ソノ郷ヲ知ルナシ」と。名言であるが、心を操るとか、心を舎くとか言うのも余計な事と言えるので、もっと徹底して考えれば「心ヲ操ラント欲スル者モ亦心ナリ。心自ラ心ヲ操ル。ソノ勢、能ク久シカランヤ」。又言う。「我ガ心ヲ以テ、我ガ心ヲ治ム。譬ヘバ狂者自ラソノ狂ヲ治ムルガ如シ。安《イズクン》ゾ能ク之ヲ治メン。故ニ後世治心之説ハ、皆道ヲ知ラザル者ナリ」

智についても、徂徠は、同じ考えを持っていた。智は聖人の大徳と言うのは差支えないが、常人の智で測られる智なら、何も聖人を言う必要はないわけだ。孟子は、「是非ノ心ハ智ノ端ナリ」と言って、端緒を摑めば、これを何処までも延ばす事が出来るという考えで、人性に率《したが》って、聖人の道を立てんとして多弁を弄する。さすがに孔子となるとそんな事はない。理も智も説かぬ。仁を好む、徳を好む、礼を好む、義を好む、等々を言ったが、嘗て、智を好むと言った事はない。恐らく偶然な事ではない。智というような空漠たるものは、好みようもないわけで、彼は、ただ先王の遺した確かな行動の跡を好み、これに遵《したが》ったまでだ。

徂徠は、懐疑派でも非合理主義者でもない。事物に自然にある理を否定するのではない。理を操る心というものを思うのである。心の適くところ、到るところに理に出会うのはいいが、世界は理だとか、理のうちに世界があると言い出すなら、理という言葉に酔ったのである。学者の酔心を見付けて了えば、学説の首尾一貫など取るに足らぬ、という考えである。孔子の好むという言葉に注意したのも、これに通じている。徂徠の考えでは、後世の学問では、志を操る事が鋭く、心を操る事が急で、理を心に求めて多弁になっているが、孔子のような学者になると、巧言を嫌って「生ニ族《マ》ツ」という沈着な態度を学問の根底に置いたとする。理を言い、智を喜ぶより、生きる方が根底的な事だ、知るより行うのが先きである、これが徂徠の基本的な思想であった。其の点で、仁斎先生が「道ハ行フ所ヲ以テ言フ。活字ナリ。理ハ存ズル所ヲ以テ言フ。死字ナリ」と言ったのは正しいと徂徠は言う。孔子は確かな物を好み、これに遵い、これに熟し、これを行うに至って、智を成したのであり、智によって物を得る事は出来ないのである。これを思わないから「学ヲ好ムハ知ルニ近シ」という名言の真意が解らないのだ、と言う。

徂徠達の学問に、厳密な方法がなかったという事は、裏返して言えば、何んの事はない、今日の学問より遥かに生活常識に即していたと言う事なのだ。徂徠が、見聞広く、事実に行きわたるのが学問だ、と言う時に、考えていた事実とは、今日の学問の言う事実ではない。今日言う学問的事実とは、合理的事実を指す。経験的事実とは、合理的経験に基く事実を指す。徂徠が見聞を広めよ、と言った意味は、人間の経験するところは量質ともに広大なものであるから、経験を拡充する事は肝要であるという常識的な意味なのだが、今日の学問では、広大な人間的経験の領域を、合理的経験に絞るのを眼目としているから、学者は、必ずしも見聞を広める事を必要としない。いや、人情を解せず、人倫を弁《わきま》えなくても、学問の正しい道は歩けるのである。徂徠等の夢にも思わなかった学問の概念である。歴史という言葉についても同じ事が言えるので、徂徠は、歴史の学問は、歴史を成立させている条件を調査するにある、と言ったのではない。歴史観察と歴史法則とが交わる点に、歴史事実を確認せよ、などと言ったのではない。学問は歴史に極まる。即ちただ普通の意味で、歴史は学問の条件だ、と言ったまでだ。彼は、「物ハ教ノ条件ナリ」と言っているが、無論、物とは物質の意味ではない。歴史と言っても物と言ってもよいと言うのである。歴史とは人間的事実であり、人間の作った物であって、自然に在る事物の理ではない。

物を重んずるという考えは、徂徠の学問の根本にあった。「大学」の「格物致知」の格物とは、元来、物来《きた》るの意であり、知を致す条件をなすものが格物であると解した。これを物の理を窮めて知を致すと解する通説は全く誤りだとした。せっかく物が来《きた》るのに出会いながら、物を得ず理しか得られぬとは、まことに詰らぬ話だ、とするのが徂徠の考えだ。物来《きた》る時は、全経験を挙げてこれに応じ、これを習い、これに熟し、「我ガ有ト為セバ、思ハズシテ得ルナリ」という考えだ。歴史もそうで、我が理が、歴史という理に通じているのではない。歴史という物は、我れに有らず、彼に在って、未だ来《きた》らざる物なのであるから、これを辟《おさ》めて、我れに有るとするには、苦労と時間がかかる。単なる理解の問題ではない。事に親しむ事久しく、「事の情、心に移り、感発する」に至るという経験の問題である。これは、前に、仁斎の事を書いた時に触れたが（宣長の場合もそうだが）、彼等の学問に窺える一種の経験主義と、近代の学問の合理主義の一変種である経験主義とを直ちに結びつけて考えるのは、どうしても無理である。その動機も発想も、まるで異るからだ。学問の為に、合理的経験の抽出へ赴かず、むしろ逆に、日常経験の、在るが儘の形の反省による充実、という方向に向っている。徂徠は、宋儒の説をいろいろと論難し、締め括りとして、こう言っている。「只々心を平にして、今日成るべき事かなるまじき事か、古とてもかくあるべき事かあるまじき事か、と身にとり御思慮候はば、宋儒の誤は見え分れ可ㇾ申候」

学者は、ひたすら身にとりて思う事を努めればよいので、何も思惟自体に細工を施す事はない。何を思うかという確かな対象が、あれば足りるのだ。我が身にとって思うこれという確かな物があれば、古人も言ったように、「之ヲ思ヒ、之ヲ思ヒ、之ヲ思ツテ通ゼズンバ、鬼神マサニ之ヲ通ズベシ」で不足はない、それが、学問の道だ、と説く。今日から見れば、ずい分乱暴な学問の道だが、翻って思えば、今日の学問の道が、ずい分取り澄ましたものになって了った事も解るだろう。

徂徠は、こういう学問の道を、最も自覚的に、分析的に辿った学者であった。学説の整備を求めぬ彼の思想は、豊かで柔軟な発言に充ちているが、その捕え難いところも、悉く彼の徹底した剛毅な個性という一点に向って集っている趣がある。私は、徂徠の研究家ではないので、その著作を漫読し、感発するところを勝手に書いているのだから、おかしな所も多かろうが、徂徠については、もう少し言いたい。

（文藝春秋　昭和三十六年八月）

弁　名

日本の近世の学問の雄は、皆、読書の達人であった、とは既に言った事だが、これは、私の眼に映じた彼等の姿を率直にそう呼んだまでの事で、比喩や修辞の積りではない。彼等のうちの或る人達を、近代的なフィロロギイの先駆者と呼ぶ方が、むしろ尤もらしい言葉の綾と思えたまでだ。活字の洪水に流されている私達には、どんなに理解しにくい事になって了ったにせよ、これを理解しようと努めなければ何にもなるまい。誰も後世の人々に解り易いように生きはしなかった。生きられた筈もなかった。

仁斎は、論語を、「最上至極宇宙第一」の書と呼んだ。今日、遺っている彼の論語注釈の稿本を見ると、稿本を書き改める毎に、巻頭にこの語を書き、これを、書いては消し、消しては書きしていて、書こうか書くまいかと思い惑った様子が見えるそうだ。これは面白い話である。彼は、一体、書いたり消したりしながら何を考えていたのか。そんな一見要もない彼の心事を想い見るところに、彼の学問の急所がある、と私には思える。例えば、彼の心は、きっとこんな具合に動揺していたに違いない。

論語が聖書である位なことは、誰でも知っている、子供でも知っている、だが、本当に知っているか。自分が、数十年来、論語を熟読して来た経験によれば、論語を「学ンデ知ル」ところと、論語を「思ツテ得ル」ところとは、まるで違った事なのである。今日、自分が、その「思ツテ得タ」ところに従って、注解を書こうとし、この書について、今更のように新たにした驚きを「最上至極宇宙第一」という言葉で現そうとした。これは、大げさな言葉ではない。これ以上大げさな言葉が見付からぬのを悲しんでいる自分の心事が理解されるだろうか。それは覚束ない事である。いっそそんな事は何も言わず、黙って注解だけを見て貰う方がよかろう。しかし、どう注解してみたところが、結局、「最上至極宇宙第一」と注するのが、一番いいという事になりはしないのか。――これは本物の信念というものが持つ一種のためらいであって、軽信にも狂信にも、決して見られないものだ。

仁斎の古学にしても、徂徠の古文辞学にしても、古典の熟読愛読によって育てられた信念が、その根本の命であり、彼等の学問の組織とは、この信念の分析的記述であって、或る一定の方法の応用ではない。気鋭の学者達が、どんなに官学に反抗してみようとしたところが、古典研究という当時の学問の土台を乗り越える事は、勿論、誰にも不可能な事であったから、当然、彼等は研究方法の革新という道を進んだわけだが、それは、そうも言えば言えるというだけの話で、方法という現代語が使いたいなら使っても構わぬ、と言うだけの事である。彼等は、方法を一切捨てて始めた、と言った方が実情に近いかも知れぬ。彼等の学問の動機は、極めて単純な、又、その故に力強いものであったと見れば、別に仔細はない。本の読み方について、誰からも教わるまい、自力で読んで自得しようと決心し実行した幾人かの学者が現れた、と素直に合点すればよいわけなのだ。だが、そう言うと、又、個性尊重の考えが通念化して了った現代の人々が直ぐ誤解して了うところがある。

彼等が、古典を自力で読もうとしたのは、個性的に読もうとした事ではない。彼等は、ひたすら、私心を脱し、邪念を離れて、古典に推参したいと希ったのであり、もし学者が、本来の自己を取戻せば、古典は、その真の自己を現す筈だと信じたのである。彼等に問題だったのは、古典に接する場合の、人間としての学者の全的な態度なのであり、如何にして無私を得ようかと案ずる倫理的態度だったのであって、彼等が身につけたこの無私な態度は、今日言う学者の人格とは関係のない研究の客観的な方法とは、全く意味合いが違うのである。

仁斎に、「六経ハ画ノゴトク、語孟ハ画法ノゴトシ」という言があるが、彼の読書態度から推せば、語孟も亦、読んで字の如しで済ませる本ではなく、見て見飽きぬ画の如きものであったろう。例えば、彼の従兄弟の光琳や乾山が、鳥や花を深く愛したと同じ意味合いで、仁斎には、語孟という精神的実在が、よく信じられていたと考えて差支えない。それは、こちらから勝手に解釈出来るようなものでもなし、任意な解釈などに動ずるようなものではない。ただ、忍耐強く、黙って見守っているものだけに、その含蓄するところを少しずつ明かしてくれる、そういう物だ。これが、仁斎の「思ッテ得ル」という言葉の真意であり、この根本の信が深かったから、「学ンデ知ル」という当時の学問の通念が徹底的に疑われた。

徂徠が、仁斎に豪傑を見たのも、其処である。徂徠は、自分の学問の種は、「本文ばかりを、年月久しく、詠め暮し」ているうちに、直覚したところに蒔かれた。或は、四書五経を、「読むともなく、見るともなく、ただうつらうつらと見居候内に」浮んだ様々な疑いを種として、経学とは、かくの如きものと合点するに至ったとまで極言している事は、既記の通りだが、このような書物に対する経験の性質について、誤解されなければ、その審美的な性質について、考えるところがなければ、彼の古文辞の研究の筋道を、決して理解する事は出来まい。

私達は、毎日、読んだり、話したりして生活している。つまり、私達が、社会生活に至便な言葉という道具を馳駆している限り、読むともなく、見るともなく、ただ、うつらうつらと書物を眺めるなどというような事は、ただの放心に過ぎまいが、徂徠が、自分が言葉というものについて自得するところがあったのは、この放心によった、と言うなら、話は違って来るだろう。話は逆になるだろう。

学者は、読んで義を知るに心を奪われ、生活人は、話して意を伝えるのに心を奪われているなら、言葉自体に関して放心状態にあるのは、むしろ彼等である。人を教える為に、人に命令する為に、人と仲よくしたり議論したりする為に、其他あらゆる目的の為に言葉を利用しているのに夢中なら、言葉の方でも、彼を見くびって、その正体を決して現しはしまい。

それなら、言葉を使っていながら、実は言葉に使われているに過ぎない。そういう彼等に本質的な意味での言葉の問題に逢着するというような事が、どうして起ろうか。これが、徂徠の古文辞学の根本の考えであった。

では、読むともなく、見るともなく、詠められた古文辞とは、徂徠にはどういう物であったか。無論、これは言い難い事だが、別段不思議な経験ではないだろう。

例えば、岩に刻まれた意味不明の碑文でも現れたら、これに対し、誰でも見るともなく、読むともない態度を取らざるを得まい。見えているのは岩ではなく、精神の印しに違いない。だが、印しは読めない。だが、又、読む事を私達に要求している事は確かである。言葉は、私達の日常の使用を脱し、私達から離れて生きる存在となり、私達に謎をかけて来る物となる。徂徠が、古文辞を詠め暮して出会ったものは、そういう気味合いの言葉の現前であって、彼が、これが、経学というものを合点する種となったと言うのは、この経験によって、言葉の本質に触れたと信じたという意味なのだ。

喋ってばかりいる人は、言葉は、意のままにどうにでも使える私物のように錯覚し勝ちなものであり、又、事実、言葉は、そういう惑わしい性質を持つが、彼等が侮る放心を、心を傾けて逆用し、言葉を静観すれば、言葉は、人々の思惑ではどうにもならぬ独立の生を営んでいるものである事を知るであろう。特定の古文辞に限らず、古い過去から伝承して来ている私達の凡ての言葉には、みなその定かならぬ起原を暗示している意味不明の碑文の如き性質が秘められている事を知るであろう。それなら、学問は、雄弁や修辞を目指すものではあるまい、先ず言語の学でなければならぬ筈だ。これが、徂徠が、彼のささやかな種から導かれた思想であり、その基本的な著作を「弁名」と呼んだ所以である。

彼が、宋儒に頼る学者達に正面衝突をしたのも、これを言語の究明を避けた、当時最も有力な雄弁と考えたからだ。彼等は、究理の上に、学問を築いて疑わぬが、理とは言葉である。沢山の名のうちの或る名に過ぎぬ。それならば、この理という名は、その奥に何をしのばせているかを弁ずる事なく、理を言うのは、ただのお喋りではないか。お喋りが昂じて、「天地自然の道」を言い、「事物当行の理」を言っても、もともと名というものの恐ろしさに気が付いていないのだから、「己ヲ直トセン」とする私心さえあれば、理という名は、思うように使えるであろう。だが、名の問題には、私心などには関係のない大事がある。

私が、「弁名」を読むのは、極く普通の読書人としてであり、その名著たる所以を解するのに、特に専門的知識などを要しない。徂徠の説くところは、生き生きとしていて、少しも古くなっていない。彼は、言葉が、個人を越えた社会的事実である事を、はっきり見て取っていた。そういう事は、今日の言語学では常識になっているかも知れないが、言葉は社会の産物か、それとも先ず言葉がなければ社会は出来上らぬものか、そんな決め手は人間にない事には少しも変りはない。「太初に言ありき」が、判じ難い碑文として眼前にある事に何んの変りもない。ただ、現代の言語学は、そんな問題に衝突しないように、社会学や心理学を採用し、研究の方法を整備して、その中に自分は身を隠しているだけの話だろう。その頃の学問は、方法に関して、言わば手ぶらで行くから、徂徠という人間が、言語問題の本質的難解に当って砕けている様が、躍如としているというところに「弁名」の魅力はある。

彼は、難問に迫られて、人生に処するはっきりした態度を取るのである。知を傾け尽した信が現れていて、それが、今日の人々にも伝わる。彼は、凡そこんな風に考える。無論、彼の文も今から見れば、古文であるから、少しばかりその弁名を要する。

「生民ヨリ以来、物アレバ名アリ」は当り前な事で、人間がこういう無自覚な自然状態で、長い間済ませて来られたのも、物とは、すべて、感覚的なもの、一と口で言えば形ある物に過ぎなかったからだ。ところで、聖人が現れて、形のない物に名を立てた。「道」という名を発見した。これは大事件だったのであって、先ず道という名を、古書を詠めて弁じなくては、道という名を立てた、即ち名教という聖人の経験を解する事は出来ない、と徂徠は考えた。道とは、形ある個々の物の名ではない。物全体の「統名」なのだ、と彼は言う。人間経験全体の名だと言ってもよい。人間の生活力の総合的な表現だと言ってもよい。それは全く形のないものである。

「物アレバ名アリ」の自然状態で、人間が暮していることは、人間が、ばらばらになって暮しているようなものだ。各人の心も目も、外に在るばらばらな物の名から離れる事が出来ないようでは、人間生活の意味というようなものは生じようがない。道という統名の発見によって、はじめて、人々の個々の経験に脈絡がつき、人間の行動は、一定の意味を帯びた軌道に乗るようになった。

　徂徠は道の弁名によって、そういう精神の目覚めを語っていると見てよい。もし、彼が、プラトンを知っていたら、ギリシアでも、プラトンという聖人が現れて、ロゴスという統名を発見するまで、常人は、みな「物アレバ名アリ」で済していたと言ったと想像しても差支えないような考えが見られる。

　孔子は、「吾道、一以テ之ヲ貫ク」と言っているが、何を以って貫くかは言っていない。言い忘れたのではない。そんな事は言う事が出来ないから言わなかったのだ、と徂徠は言う。これは「聖人トイヘドモ及ブ能ハザル」事であった。道という定義を拒んだ統名は、或る個人の個人的な思い付きや経験で得られたものではない。そういうものを越えたもの、或はそういうものの土台となっている言うべからざるものにも、人間は触れているのだ。この常人には気付かぬ事に気付いたのが聖人だというのが徂徠の考えだ。従って、何んという聖人が、何時現れたという事よりも、聖人が現れた事を信じなければ、歴史とは凡そ無意味なものだ、という考えの方が、彼には余程大事だったのである。

この点で、徂徠の考え方は徹底していた。なるほど、統名の発見は、聖人の努力によるのだが、そういう究極の認識は、例えば孔子が「我ヲ知ルモノハ其レ天カ」と言ったように、天から教えられるという風に経験される事も亦真実なのであり、知るのは自分だという自負は現れようがないものだ。天を知るというような言葉の使い方が、彼に見られないのも理由ある事なのであり、畏天とか敬天とかを、処世の根本態度とせざるを得なかったのも当然なのだ。

更に、徂徠の重要な考えは、「聖」という名を弁じて、聖とは作るという行為を指す名だとしたところにある。「聖者ハ作者ノ称ナリ」で、道に由って行う人であり、形ある物を、例えば先ず礼楽というような、生活の拠りどころとなる確かな物を、作り出した人だ。従って、道とは亦術でもあるので、後世の学者は、詐術というような言葉の使い方から、術というものを軽んずるようになったが、理由のない事だ。

道は百技に通ずるが、一番難かしいのは、天下を安んずるという大道術である事は明らかだ。だから、聖人は、これを行ったのだが、これは、とても一聖人の努力で足りるような仕事ではなかったから、幾千歳の間、幾十人の聖人達の努力がつづけられた。

そういう事の次第を、よく理解したのが、孔子という人物であった。彼は、いかにも深く理解した人で、その点、「孔子ノ前、孔子ナク、孔子ノ後、孔子ナシ」と言って過言ではない。ところが、後がいけなかった。何故、彼のような人物の不足が、学問を混乱させたかというと、学問をする人々が、聖人達が、形のない物に名を与えたという事を、浅薄に解したからである。それが、どういう性質の経験であったかを思わず、ただ、形のないものにも名がついたという便利な知識を受取った。そこで、めいめいが、勝手に形のない物の名を発明するという事になった。

ことに、宋以来、慷慨自奮する気鋭の学者が、多く現れ、この傾向は、いよいよひどくなった。だが、もとより、常人が聖人の真似をしているわけなのだから、実際に出来た事と言えば、物あれば名ありという常人の至らぬ考えを、言わばただ逆にしてみせて、名あれば物あり、と威張る事だけだ。これは新しい型の蒙昧状態の出現である。名と物との関係如何という聖人達を苦しめた根本問題など眼中にないという事になった。そこで、これは、恐らく孔子が既に予感していたところであるが、「弁名」という厄介な事が、学問の基幹とならざるを得なくなった。

こういう徂徠の考えを、取り止めのない観念論と言い去るのは、現代人には大変易しい事である。だが、何故易しいかと考えて見ると、理由は一つしかなさそうだ。自ら使う観念論という名の奥に何がひそんでいるか、誰も知らぬし、知ろうともしないからである。すると、現代人は答えるだろう。ちっとも構わない、私はただそんな事は言葉に過ぎないと言っているだけだ、と。そして、現代は事実の世紀である、という常套語の陰にかくれて了う。この常套語を少し分析してみるがよい。迷信と自負の他に何もない事がわかるだろう。

近代科学の、日常言語の因習性から、きっぱり手を切って、数学的言語を採用する事から始ったのは、誰も知るところだ。近代科学の誕生の歴史が示しているように、科学者が、学問に、もっぱら計量的方法を採用したのは対象の無私な観察に基くので、決して科学者の恣意によったものではない。その方法は、物的な対象の性質に強制されたものと考えていい。その限り、科学に不正はあり得ないし、徂徠流に言えば、数学的言語という新しい名に弁名の必要もない。言い代えれば、厳密な意味での科学の成果は、その対象が正しく選ばれている事に由来している。更に言えば、その驚くべき物的な成果は、驚くほど単純な心的な発想に基くのであり、従って、たとえ現代の物理学が、その使用する数学的な言語を常識人の到底手のとどかぬものにして了ったとしても、誰にも文句のつけようはない。しかし、精神的な或は人間的な対象の扱いとなれば、話は全く別だ。これらの対象は、その本性上、無私な観察に、決して数学的言語を強制するような性質のものではないからである。では、どんな種類の言語を強いているか。

この難題に直面した深い思想家は、幾人もあったが、物的成果を目指さぬ彼等の努力は近代の学問の大勢を動かす事は出来なかった。この難題が、現実の対象自体から発生している場所で、難題を避けて尚科学たらんとするならば、数学的言語による説明を、科学の理想とするという考えが捨てられないならば、採る道は一つしかない。対象の方を、理想に準じて作為的に変える道だ。人間的対象が、先ず多かれ少かれ不手際に非人間化され、物質化されなければ、決して仕事は始りはしない。わかり切った事を言うようだが、このわかり切った事の、あきれるほどの無反省が、現代のわが国の学問の大勢を決定しているように思われるのだから致し方がない。

人間に関する科学は、科学としては大変若く、又、その故に、自身の若さに気付くのも難かしいという状態にある。この間、C・G・ユングが亡くなった事が、新聞に小さく載っていた。私は、ユングの一愛読者として、深い哀悼の情を覚えた。このような人に死なれては、再びこのような人物が心理学界に現れるという事は容易な事ではあるまい、と痛感した。私のような極く普通の愛読者には、彼の専門的学説に通じているなどとても言えないが、彼の学説に通じている、わが国の心理学界に、哀悼の念が見付かるかどうか、これは甚だ疑わしい事だ、とひそかに思った。ユングの仕事は、人間の心の深さと心理学という学問の若さ、浅さとに関する痛切な体験の上に立っている。この体験の味いは、彼の著作の到る処に顔を出していて、その分析は、賢者のような、詩人のような一種言い難いニュアンスを帯びている。そういうこの心理学者の顔は、根拠のない事ではない。それは、心理学は、もう一っぺん初めから心理という対象を摑え直さなければならぬという彼の考えに基いている。

　無論、この道は、フロイトによって開かれたのだが、ユングは、フロイトが未だ拘泥していた科学者の自負を、きっぱり捨ててみせている。もし人の心が、内省によってしか近付けない、何物かであり、経験的悟性を拒絶した存在である事を、徹底的に承認し直すならば、心理学者は、所謂科学的方法という因習に気付くだろう。そうなれば、心理学が哲学と切っても切れぬ縁がある事を、容認するのに何んの気兼ねもない筈である。いや、両者が協力しなければ、事は決して運ばない。そう、彼は考えている。これは心理学説ではない。学説を提げて、人生に臨む態度である。

この態度なり、決心なりは、例えば、団地生活者の心理統計をとって、現実に即した学問をしている積りの心理学者達には、無縁なものだろう。ユングが死んだ事は、彼の学説ももう古くなった事しか意味しはしまい。私が、ひそかに疑ったのは、その事だ。

近代の所謂科学的方法による、人間に関する科学の育ちの慌しさに最初に気付いた科学は心理学であった。その仕事の微妙な性質上、当然な事とも思われるが、この種の思想史上の事件ほど、人目につきにくいものはない。ガリレオもニュートンも、天体や光が語りかける言葉を直かに聞く事から始めた。聞き洩した言葉は、後世が聞けばよい、そういう仕事をしたので、これが学問の正統派なら、近代の人間科学は、発想上倒錯していたと言えよう。

この新しい科学は、人間対象という新たに迎えた対象が語りかける判じ難い言葉を忍耐して聞こうとはしなかった。ガリレオやニュートンからの又聞きの言葉で、逆に対象に話しかけた。この身振りが、世界の説明に関しての物質の絶対的優位という亡霊を生んだのである。近代科学の創始者には、そんな亡霊は取りついてはいなかった。この所謂客観的方法が深く隠した、主観性或は人為性をあばくのには、例えば、ベルグソンが見事に果したような精到な分析的努力を必要とした。だが、前にも言ったように、この種の努力は、学問の大勢を動かすわけにはいかなかった。大勢は、そんな哲学の一派もあるか、ですませた。亡霊が大勢を決した。徂徠は、今日に在っても、その言を変える必要を認めまい。そんなものが学問なら、「己ヲ直トセントスル私心」があれば足りるであろう、と。

現代知識人達は、言葉というものを正当に侮蔑していると思い上っているが、彼等を思い上らせているものは、何んの事はない、科学的という、えたいの知れぬ言葉の力に過ぎない。これは、知識人達の精神環境を、一瞥しただけで分る事だろう。日常の言葉から全く離脱した厳密な意味での科学は黙し、科学的な科学という半科学のお喋りだけに取巻かれているからだ。心理学とか社会学とか歴史学とかいう、人間について一番大切な事を説明しなければならぬ学問が、扱う対象の本質的な曖昧につき、表現の数式化の本質的な困難につき、何んの嘆きも現していない。それどころか、逆に、まさにその事が、学者達を元気付けているとは奇怪な事だ。彼等は、我が意に反し、止むを得ず、仕事の上で日常言語を引摺っているとは決して考えない。そんな考えが浮ぶのには、彼等が手足を延ばし、任意に、専門語、術語が発明出来る世界は、ちと居心地がよすぎる。一と口に科学と言っても、彼等の科学は、単に、様々な分析的思想と呼んだ方がよい、という常識的見解を、彼等は理由なく嫌う。いや、理由はある。亡霊が、学者の尻を叩いて、絶えず命令する、人間の非人間化に、物質化に、合理化に、抽象化に遺漏はないか。すると学者は、命令を、直ちに次の言葉に翻訳して、自分に言い聞かせ、他人にも押しつける、人間的現実を直視せよ、と。これが、現代の知性という美名の下に行われている言わば大規模な詐欺であり、現代の一般教養の骨組をなす。勿論、一般教育方針も、全く詐欺的である。常識は、その事に気付いている。

私は、乱暴な言を弄しているのではない。人間的事物という非合理的な実体は、私達に、その中で生きて考えて欲しい、考えられなければ感じて欲しい、といつも要求している。この要求は、こちら側の見方や考え方の御都合な整備などには一顧も与えはしない。その事を常識は感得している。だが、残念ながら常識は生活に多忙なのである。

現代の言語の混乱は、電話の混線とでも感違いしたのか、言語伝達の現代的な、物的様式の影響に基くという尤もらしい説がある。この尤もらしい説が、たちまちマス・コミなどという新語を作って流行するその事ほど、現代人の言語に対する軽薄な態度をよく語っているものはない。言語が荒廃しているとは即ち精神が荒廃している事だ。何故、現代的教養には言語の問題は、全く精神的問題だ、という率直な、又正当な考え方が出来ないのか、この教養社会に於いてはただ、精神という言葉が、タブーだからだ。野蛮人並みである。例えば、精神病という風に、精神という言葉を使うのなら構わない。心理学が示している通り、或る種のノイローゼは、或る種の精神的原因から生ずるからだ。しかし病人には、そんな馬鹿気た事も起り得ようが、健康な教養人が、精神的原因だとか精神的原理だとかを云々する道理はないと言うのである。事はタブーに関するのだから、その説明も亦野蛮人並みである。何んと無気味な倒錯か。もし、マス・コミがなくなったら、一番先きに参るのは、そういう教養人達に極っているだろう。彼等の精神が、進んでこれを求め、これを糧とし、これを支柱としているからだ。凡そ言葉の本質について、全く上わの空になった精神が言葉の混乱などを心配するのは、意味を成さない。

さて、徂徠の「弁名」に戻らなければならないのだが、道草を食って、長くなって了ったから、又、この次にする。

（文藝春秋　昭和三十六年十一月）

考えるという事

「考えるヒント」という題を貰って、考えつくところを、こうして書いているわけだが、前に、徂徠の「弁名」にふれたので、宣長が、この考えるという言葉を、どう弁じたかを言って置く。彼の説によれば、「かんがふ」は、「かむかふ」の音便で、もともと、むかえるという言葉なのである。「かれとこれとを、比校《アヒムカ》へて思ひめぐらす意」と解する。それなら、私が物を考える基本的な形では、「私」と「物」とが「あひむかふ」という意になろう。「むかふ」の「む」は身であり、「かふ」は交うであると解していいなら、考えるとは、物に対する単に知的な働きではなく、物と親身に交わる事だ。物を外から知るのではなく、物を身に感じて生きる、そういう経験をいう。実際、宣長は、そういう意味合いで、一と筋に考えた。彼が所謂「世の物しり」をしきりに嫌いだと言っているのも、彼の学問の建前からすると、物しりは、まるで考えるという事をしていないという事になるからだろう。

この点では、徂徠も同様であったと見てよい。彼の「弁名」によると、学問で貴ぶべきものは先ず「思」とか「思惟」とかの働きであるが、「思」とともに「謀」という働きを持たねば、学者として駄目だ、と考えている。「思」は主として心に関して言われる言葉だが、「謀」とは、人の為に謀る、人に就いて謀ると言うように、主として営為、処置、術を指す言葉だ。「思」が精しくなり、委曲を尽せば、「慮」となり、「慮」を以って事に処せば、必ず「謀」となる。これは一貫した人間の働きであって、学者が、これを、ばらばらにしてよい訳はない。なるほど、これは全く常識に適った見解である。宣長も徂徠も、この常識的見解を取って動かなかった思想家で、二人の眼には、当時の学問の大勢が、空漠たる物しりの多弁と映じていた。何故そうなるのか、何故、学問が、生活常識から浮き上って形式化し、「物知りたち」の業となるか、学者が、その根底的な考え方のうちに、生活常識への侮蔑を秘めており、これに気が付いていないからである。

学者等は、学問の道を論じ、これに、「こちたき名どもを作り設け」て説くが、無用の言であり、正しい学問は、「ただ物にゆく道」なのである。これが宣長の考えで、この「ただ物にゆく道」という「直毘霊《なおびのみたま》」にある言葉は、科学も知らなかった当時の学者としては、まことに大胆な進歩的な言葉であったとして有名になったが、宣長の使った「物」という言葉も、全く当時の常識の言葉だった。今日でも、どんな物質理論にも無関心な人達が使っている、極く普通な伝統的な日本語であった。しかし、宣長の思想構造を規定するに急な、今日の研究者達は、思い過ごしをする。現代の科学的唯物論が、物質に関して、遂にどのような「こちたき名どもを作り設け」るに至ったかについては、私達現代の知識人の大多数は無知ではいるが、物質という言葉については、異常な執着を、何時の間にか育てている。物質的諸原因から導かれぬような事柄は一切疑わしい。考えも、評価も、物質と呼ばれる基本的な現象に基いてなされなければ、空想に過ぎない、或は形而上学という尤もらしい空想となるだけだ。時代が、いつの間にか育てたそういう漠然とした性向のうちに、自分達はいる、とはっきり気付くのは面倒な事だし、愉快な事でもないから、其所に居直って、人並みに正しく考える事にしている。すると、宣長が、「ただ物にゆく道」という正しい学問の方法に気付きながら、遂に「神」の形而上学に行き着いて了ったとは奇怪な事だという事になる。もし、宣長が、考える為に、実際に、どういう努力をしたかを、率直に想うなら、私達が、知らず識らずの間に捕えられているものは、言わば物質の形而上学ではあるまいかと気付くであろう。物質の実在を仮定する方が精神の実在を仮定するより正しいという理由など何処にもない、そのくらいの事には気付くだろう。

宣長の言う「物」には、勿論、精神に対する物質というような面倒な意味合いはないので、あの名高い「物のあはれ」の「物」である。宣長も亦徂徠の言う「世ハ言ヲ載セテ遷ル」という事について、非常に鋭い感覚を持っていた。宣長は「下心」という言葉をよく使うが、言葉の生命は人が言葉を使っているのか、言葉が人を使っているのか定かではないままに転じて行く。これが言葉に隠れた「下ごころ」であり、これを見抜くのが言語の研究の基本であり、言葉の表面の意味は二の次だ、という考えである。

宣長の、物という名の、弁名に依れば、「物のあはれ」という風な語法は、言うを物言う、語るを物語るという類《たぐ》いで、「あはれという物」から転化したものである。「あはれ」という言葉は、もともと「心の感じ出る、なげきの声」で、人の世に、先ず言とも声ともつかぬ「あはれ」という言葉が発生したとするところに、宣長は、この言葉の絶対的な意味を摑んだのだが、人は、「あはれ」という言葉を発明すると、言葉の動きという「下心」によって、「あはれを知る」とか「あはれを見す」とかと使われるようになる。「あはれ」という情の動きが固定され、「あはれ」と感ぜらるるさまを名づけて、あわれという物にして言う事が、自ら行われる。

それだけの話だ。それだけの話だが、こういう宣長の考えを心に止めて置くのは、彼の学問の方法を何んと名づけようかと急ぐより、よほど大事な事と思われる。宣長にとって、「物」とは、考えるという行為に必須な条件なので、「物」という言葉は、そのように働けば、それで充分な言葉なのである。前に言ったように、「考へる」とは、何かをむかえる行為であり、その何かが「物」なのだ。徂徠が、「物ハ教ノ条件ナリ」と言う時も、同じ事を言っているのである。

宣長は、「あはれ、あはれ」で暮した歌人ではなく、「あはれという物」を考え詰めた学者である。歌は下手であったが、何故下手か、何故下手で差支えないかを、はっきり考えていた人だ。それは、既に書いた事だ。理を怖れ、情に逃げた人ではない。彼は、もうこの先きは考えられぬという処まで、徹底的に考える事の出来た強い知性の持主であった。その点で、徂徠も同様なので、彼は、宋儒の理学に、得意の文学で対抗したのではない。彼の強い知性が、相手の弱い知性を批判したという事だった。二人とも、合理主義などにしてやられるには、あまりに聡明な頭脳を持っていたと言えるので、宣長には、考えるという事は、情理ともに尽して、物を対《むか》えるという事であったし、徂徠にも、「思謀慮」とは、「審問」に始り、「営為」に終る一貫した動きであった。これは、考え事は、まずはっきりした物が無ければ適わぬ。物が無くても独り歩きする知性を批判出来ないような知性は何物でもないという確信の下に学問したという事である。

彼等は、自ら信ずるこの考え方を推進するに当って、妥協もごまかしもやらなかった。彼等の思想は、体系的に整備されてはいないが、その透徹と純粋とは、日本の近世の思想化には、殆ど類を求め難いものと思われる。福沢諭吉が、早くも見たように、古文辞学の腐敗は急速であったが、文明の新しい開化を見るに急だったこの思想家には、腐敗したものが何んであったかを考えてみる興味はなかったであろう。宣長の思想も亦早く腐敗したと言ってよい。長持ちするには、ちょっと微妙すぎるものを蔵していて、安易に受取ろうとすれば、その形骸しか極めないという性質を持っていたからである。篤胤派は、もはや宣長ではなかったし、蘐園《けんえん》学派は、もはや徂徠ではなかった。だが、一流の、人間的思想の運命は、みなそういうものではないのだろうか。それは、東西の歴史が証しているところのように思われる。或る人の生活に根を下している思想は、その根が深ければ深いほど、その人の生きている定かならぬ理由を蔵しているわけであり、その意味で、深い思想ほど滅び易い、と言っても強《あなが》ち逆説ではなかろう。実際、人が、或る思想を人間的と呼ぶ時は、まさしくそういう事を指しているのではないのか。それで、何が不足だろう。彼等の思想が、例えば、私のような浅学な昭和の一文士の心に、又蘇り得るというのも、同じ理由に基くのではないだろうか。

徂徠は、宋儒の理学に正面から衝突し、これを批判したから、彼の知性の動きは、明らさまに現れている。その分析力の精到は、「弁道」や「弁名」を読んでいて感嘆の情を禁じ得ない。同時に、私は、感嘆してみて、初めて感得出来る何かが其処にある事を知る。その何かが私に言うようである。歴史意識というものが通念化して了った今日の人々が、徂徠の学問に歴史意識があったと言うのは、易しい事であるばかりではなく、間違いである、と。徂徠は、歴史とはこんな物と、人から教わった人ではなく、歴史とは何かと自ら問うた人だ、と言っただけでは足りないのである。歴史とは、いつの世に在っても、かくかくの物と人から教えて貰えるような性質のものではない、という確信を語ったのだ。学問には、歴史の知識が必要だと言ったのではない。「学問は歴史に極まり候事に候」と言ったので、その語勢が示す通り、学問するとは、歴史を生きるというその事だ、自己の歴史的経験を明らめるに尽きると合点するに至ったという意味である。

徂徠の言う歴史という名は、今日から見ると歴史と言うよりもむしろ伝統と言った方が当っているかも知れない。但し、徂徠には、歴史と伝統との分裂は意識されていなかった事を考えなければならぬし、又、今日、この二つの概念が、ひどく対立したものになっているのは、恐らく、健康な現象ではない事も思わねばなるまい。なるほど、彼の歴史哲学は、狭い土台の上に築かれた。彼は、ただ儒学の歴史を考えてみたに過ぎないのだが、小さな材料は、大手腕によって料理されたのである。言ってみれば、其処には、一芸に通達した者は、自ら万事に就いて、その本質的なものを摑むと言っていいようなものであった。要は、根本の考え方にあった。彼の考えはただ、儒者として、儒学の伝統は今も尚生きている事を確めるに集中されたに過ぎないが、大事なのは、彼の考え方の質であり、その集中の度合である。歴史という物は、これを経験し、これと交わらなければ極め得ぬものを蔵し、知識だけでは明らめる事は出来ない、物しりには到る事が出来ない、徂徠は、この事を、はっきり知って仕事をした人である。彼の歴史的思惟とは、このよく自覚された手腕力量に他ならず、そういう考え方だけが貫く事が出来た、歴史という現実的難題が、徂徠の仕事に現れている。それが大事だと言うので、彼の仕事の成果を、歴史哲学と呼ぶのが不適当なら、無論、呼ばなくてもいい、そんな事は大した事ではない。

私は、前に、「弁名」という徂徠の仕事の最大の魅力は、彼が、手ぶらで、言葉というものの本質的な難問にぶつかって砕けたというところにあると書いたが、歴史の場合も、そう言える。彼は、歴史の問題を上手に片付けたのでもなく、片付けようとしたが、力量が不足であった人でもない。むしろ、歴史という問題は、どう提出するのが正しいかを考えた人だ。或は、歴史とは何かと問うより、むしろ歴史の方から、君達は何かと問われている言葉を聞き別けようと覚悟した人だったと言ってもよい。歴史とは大変難かしいもので、「一定ノ権衡ヲ懸ゲテ、以テ百世ヲ歴《レキ》詆《テイ》スルハ亦易々タルノミ。是レ己ヲ直トシテ世ヲ問ハザルナリ、乃《スナハ》チ何ゾ史ヲ以テ為サン」と彼は言う。「一定ノ権衡ヲ懸ゲテ、百世ヲ歴詆スル」事は、なるほど、歴史について論ずる事には違いなく、当人達もこれを疑っていないが、実は、真の歴史は、彼等の手から脱落している、と徂徠は言うのである。百世を、敢えて歴詆せず、ただ、百世を歴訪すると称しても、一定の史観を自負する者には、歴史は見えて来ない。彼の史観の裡に、同時的に配置された歴史事件の一系列を、彼の意識が歴訪するに過ぎないからだ。生活経験が、私達の意識に直接語りかけてくるところを聞けば、歴史とは、決して、過去現在未来と、遠近法に従って並んでいるものではない。歴史に、過去、現在、未来があるとは、空間に三次元があるようなものだ、そんな事を経験は決して告げてはいない。過去とは、思い出すという事だし、現在とは行動している事だし、未来とは願望し選択する事だ。私達は、皆そういう風に、歴史を経験しているのだし、そういう風にしか経験は出来ない。徂徠が、学問を卑いところから始めたと言い、学問は歴史に極まると言ったのは、一儒者として、儒学の伝統が自分のうちに生きているという全く卑近な歴史経験から始め、この内的経験を明瞭化しようと努めた末、その意味や価値をはっきり知るに至ったという事である。だが、考えてみると、これほど当り前な、歴史というものの考え方があろうか。一と口で言って了えば、徂徠にとっては、歴史とは自己の事だった。

無論、彼は自伝的告白を書いたのではないが、自己の来し方、行く末を考える事をモデルとして、一般に歴史とは何かを考えるに至ったのである。史観と呼んでいいものを得る、このようなやり方が、いかにも自然である事を思うなら、私達現代人が、歴史を考えるについて、どのような所に追いやられているかを思わざるを得まい。例えば、私が、自分の過去を考えてみようとする。私に起った雑多な事件を、外から調べる事は易しいが、これらの事件に処して来た私の精神を、内から辿るのは、極めて難かしい。一貫した自分の精神の糸が手繰れぬ不安を誰も持っている。私達は、そういう時代に生きている。よろしい。困難を回避する道はある。自分のうちに過去の精神的遺産が生きている事が、そんなに疑わしいなら、伝統という名で、これを否定して了えばよい。そうすれば、これときっぱり対立する歴史という新しい名が得られるだろう。自己をモデルとして歴史を考える、そんな時代があったかも知れない。だが、もはや、私達に何んの係わりがあろう。自己とは、歴史的に見れば他人である。自己の歴史に、他人の歴史しか読めぬ事が、何が不思議か、何が不安か。期せずして、そういう事になったように思われる。

ある人の個性とは、その人の癖でもなければ才能でもないだろう。変った癖も面白そうな意見も、個性の証《あか》しとはなるまい。ある人の個性は、その人の過去に根を下しているより他はなく、過去が現に自己のうちに生きている事を、頭から信じようとしない人に、自己が生きて来た精神の糸を辿ろうとする努力を放棄して了う人に、個性の持ちようはないわけだ。文芸は、鋭敏に時代を映すと言われるが、専門化した文芸批評に捕われず、素直に現代文学風景を眺めれば、よく信じられた自己、即ち個性と呼んでいいものが、実に稀れにしか現れていない事が、その大きな特徴と見えるであろう。自己を信じない人にも性癖はあるだろうし、性癖の上に才能の花を咲かせる事も出来るだろう。事を曖昧にしているのは、その事ばかりではない。もう一つ、支配的な通念がある。文芸は、歴史社会の産物であるという思想は、思想として中途半端な曖昧なものだが、時代心理として一世を風靡する力は持っている。例えば、戦後の新しい歴史社会は、確実に新しい文芸的個性を産み出すと錯覚するのは易々たる事ではないか。

（文藝春秋　昭和三十七年二月）

ヒューマニズム

今日、広く使われているヒューマニズムという言葉は、漠然たる言葉だが、これについて、エリオットが面白い考えを書いている。一見逆説的に見えるが、私にはよく納得のいく意見のように思われる。エリオットに言わすと、人間的《ヒューメン》という言葉が多義な以上、ヒューマニズムが漠然としたものになるのは当然なので、この当然な事実を進んで容認する事こそ、ヒューマニズムの純粋な機能なり価値なりを合点する唯一の道だという考えである。

ヒューマニズムを、無理に定義しようとしたり、その哲学的な基礎を求めようとしたりしても、ヒューマニズムの旗印しが殖えるだけだ。殖えるだけではない。そういう仕事は、ヒューマニズムが根を下している地盤、体系化を拒絶している生活人の教養と認識という地盤から、ヒューマニズムを切り離して行われる仕事だから、旗印しはヒューマニズムでも、実質は、宗教の代用品だか、哲学の代用品だか知らないが、ともかく何か別なものの類を殖やす結果になる。有害無益な事である。ヒューマニズムは、何んの代用品にも成りたがってはいない。相手が、宗教であれ、哲学であれ、或は学説でも政治理論でも、ヒューマニズムには、これを論破して快とするような性質はない。相手の論破に誘われるような積極的な理論で身を固めてはいない。又、そんな事が出来もしない。ヒューマニズムが、いつも問題にするのは、相手の理論ではなく、社会生活のうちに居据っているその姿である。

その姿は、たしかに社会に生きていると言っていいほど洗練された姿であるかどうかを、絶えず批判しているのが、ヒューマニズムの機能なのである。何時の時代にも、偏狭、頑固、狂信はある。それがなければ社会は存続しないかも知れぬと思われるほどである。だが、一方、何時の時代にも、寛容な正常な精神というものも在るので、これなくしては、社会は一日も存続出来ない事も疑いない。後者の精神的秩序の深浅だけが、ヒューマニズムを測る事が出来る。一と口に、寛容な正常な精神と言うが、これは容易な事ではない。何故かというと、ヒューマニズムは、誰にでも解る認識や分析だけで成立するものではないからだ。個性的な味識や感受性が大きく関係する生きた教養のうちに涵養される他はないからである。従って、これを、万人に妥当性を持つものなどと考えるのは空想に過ぎず、ヒューマニズムの闘士などという不具者達が生れるのも、この空想による。そういう次第で、なるほど、ヒューマニズムは、少数の個人にしか妥当しないものだろうし、少数の人々にしか、充分な活用が出来かねる性質のものだろうが、それを承知の上で、自分にはヒューマニズムだけで充分だと考えている人間のタイプはあるのだし、社会に於けるこのタイプの存在は貴重である。彼等は、社会的孤立などを考えていないし、実際孤立してもいない。ただ、彼等は、共通な主義や綱領への同意は、人々を結ぶ紐帯としては薄弱であり、或種の欺瞞をかくしている事を看破しているだけだ。教養と呼んでいい、もっと強い生きた紐帯を信じ、これを求めるだけだ。論駁の空疎が見えないものには、説得の現実の力は摑めないと考えているだけだ。

私は、深瀬基寛氏の訳文を、勝手に砕いて書き流しているのだが、エリオットの考えというのは、凡そ右のようなものである。徂徠の学問について書いて来て、これは唐突に思われるかも知れないが、私としては、極く自然な連想に導かれたのであった。

江戸時代の学問の発達期に、官学と私学との著しい別が見られ、官学を批判した私学のうちに、優れた学者達が輩出したと言われている。そう誰も解り切った事のように言うが、そう言いながら、官学私学という言葉を、勝手に現代風に使っている事には、容易に気付かぬものだ。民間出の新興の学者達は、民衆の為の学問を企図したわけではなし、まして、これで支配階級の学問に抗したわけでもない。そんな事は、決してなかったのであるが、そういう向きから、彼等の学問を見たがる。そういう空想的視点に、知らず識らずのうちに、誘われる。彼等にとって、官学とは単に朱子学の事であって、幕府の御用学問の事ではなかった。朱子学という学問自体に疑いを抱いたので、官学であるから怪しからぬと考えたのではない。

従って、私学という言葉も、その古来の普通の意味、自分の愛好する学、自分の発明する学問の意味に解してそれで充分なものであった。それで充分だったので、それが手一杯だったのではない。もし、中江藤樹を、私学の祖と呼んでいいなら、彼の直弟子蕃山の「天地の間に、己れ一人生きて有ると思ふべし」という精神の種から、私学という樹は育った、と率直に認めれば、それでよい。

周知のように、藤樹の学問は、脱藩者の学問であった。母親を養いたいという願いが容れられず、母親の村に脱走し、近江聖人と言われるようになった。これは、一般に誤解されているように、修身教科書に恰好な、或は修身教科書が不用になれば取るに足らなくなる、そういう孝行美談ではない、と思う。言わば学問美談と考えなければ、どうしても解らなくなるものが、其処に見える。彼のように純粋な学問上の理由から脱落した武士は、徳川期を通じて、他に恐らく見られまい。ただ、この理由は、彼の心のうちに深く隠れていた。彼は、忠実な侍講であったし、藩の学問と衝突もしなかったが、そんな事は、無論、彼の内の憂悶とは別の事である。

大野了佐という人があった。性魯鈍で廃嫡され、賤業に従事していたが、痛くこれを恥じ、藤樹の門を叩いて、医を学ばんと請うた。藤樹は、その志を憫《あわれ》み教え始めたが、二三句を教えるのに朝から晩までかかる。一緒に晩飯を食うと、折角の二三句をけろりと忘れる。仕方がないから、夜、又百遍繰返す、という有様であった。このような授業が年久しく続けられ、了佐は、遂に医家として数口を養うに至った。これは、よく知られた藤樹の逸話だが、彼の全集の一冊全部が、この馬鹿者の為に書かれた、専門外の医書である。見ていると、逸話と言うにはあまりに異様なものを感ずる。

藤樹に、自分の信ずる教育原理を、或は自分の教育力を実地に試してみようとする決心が、或はひそかな喜びがなかったなら、どうしてこんな馬鹿な事が出来ただろう。無論、これは、傍人が容易に窺えるような性質のものではなかった。いぶかしい事、或はただ奇特な行いと見過ごされたであろう。

藤樹は穏やかな人柄だったから、脱藩に際しても、事を荒立てぬように百方気を配ったようだが、恐らく、脱藩の真の動機は、伝達不可能という理由で、秘められていたに相違ない。彼は、永年の思索の結果、自分の学問の体系は、「孝」の原理に極まる事を思っていた。脱藩が、その実行による自証であるについては、傍人に通じようもないままに、ひそかに期するところがあっただろう。彼は、ただ、「天地の間に、己れひとり有る」と思っていたので、この学問の良心からすれば、藩主も藩学も眼中にはなかった筈である。

学問と言えば、人倫の学の事だと信じ切っていた人間を想う事は、倫理学という一向はやらない学問の一分科を見ている今日の人々には、ひどく難かしい事だ。だから、まだ彼等は、倫理学などでまごまごしていたと誰も言いたがる。そう言って了えば、もう、まごまごしながらでも、彼等は実際に、何をどういう風にやり遂げたかとは考えない。毎日顔をつき合わせている人々でも、僅かな資料を頼りに知っている過去の人々でも同じ事で、その人の身になって想うという私の想像力が死ねば、人々と私との間の真の接触は断たれて了うのである。

想像力を欠いた、というより想像力を恐れている現代風の歴史に、歴史的限界という言葉が濫用されるのも無理はない。だが、世間には、尋常な歴史好きというものはある。わが国のように、長い歴史を背負った国では、一般読書人の間に、歴史好きは、ずい分多いもので、近頃の歴史の抽象的記述の汎濫に閉口している。私は、そういう人々が、近頃の歴史は面白くないと言うのを聞く度に、ひそかに考える、一体、面白くない歴史というものが有り得るのか、と。彼等は、歴史家の書く歴史が面白くなければ、面白くないで沢山だから、例えば、文学者の書く歴史小説を楽しんでいるだろう。学問と娯楽とは違うなどと馬鹿な理屈を言ってみても無駄である。空想が退屈で、真実が面白くなければ、誰も歴史好きなどになりはしない。皆、歴史の真実感を求めている。真実感は、歴史好きめいめいによって異るであろうし、これを何処に発見しようと、各自の勝手ではあるが、拵えものは御免だという共通の感受性は、めいめいが養い磨いている。これによって過去の人々の人間らしい言行と交わりを結びたいと願っている。

歴史的教養というものは、そういう風な生き方をしている。一般的に言えば、学問と教養との概念は異るだろうが、この尋常な歴史的教養の土台を外して了っては、歴史の学問は築けまい。又、其処から直接に、養分を吸収していなければ、どうにもならぬところに、歴史の学問の特色がある。だが、仲間同士の専門的論議に忙しい歴史家は、普通の歴史好きの面白い面白くないの単純な言葉に、本質的な歴史批判が含まれている事には、気付きたがらぬものだ。歴史好きが、例えば或る歴史研究を面白いと言う時には、必ず自分の漠然たる歴史教養の明瞭化或は純粋化を見ているものだ。少くとも、研究の論理や抽象が、その方向に傾けられている事を直覚しているものだ。

厳密に考えてみても、歴史研究に、それ以上の大した事が出来ようとも思われない。それなら、歴史好きが、面白くないと言う場合、何が感じられているのか。各自のうちに配分されてはいるが、めいめいが期せずして持寄って生かしている歴史教養というものが、歴史家の専門的ポケットに仕舞われると、何か別のものに変質するのを感じているのだ。ポケットから、つまみ出される歴史は、どうもいつも現代の思潮に、或る論拠を提供しているらしい。してみると、あそこに仕舞い込まれているのは、歴史ではなく、論拠の集りに違いない。何が面白いのだろう、という次第である。

学問とは、人倫の学に他ならぬとは、何も藤樹一人の考えではない。当時の学者には、皆解り切った考えであったが、この考えを追求し、学問が、凡ての基本であり、「天下ノ万事ハ皆末ナリ」と言い切る必要を、彼が感じたのは、学問が、当時の学者達のポケットで変質しているのを見たからであろう。彼は、自分の開眼を、こういう風に言う。「天子、諸侯、卿大夫、士、庶人、五等ノ位尊卑大小差別アリトイヘドモ、其身ニ於テハ、毫髪モ差別ナシ、此身同ジキトキハ、学術モ亦異ナルコトナシ」。今日となっては、学問の自律的価値なぞ解り切った事だ、と誰も言うが、解り切った事になった代り、これに無上の喜びを感ずる事も出来なくなった事には気付かない。学問をする喜びが感じられないところに、学問に自律的価値が有るか無いかというような問題は無意味になるという事には、もっと気が付かない。「天地の間に、己れひとり有る」という言葉は、「人倫の間に、己れひとり有る」と読めばよいので、誰も、人倫と呼ばれる世界のうちに在り、誰も、これを逃れる事は出来ない。もし人倫が、知的に構成された特定の学説ではなく、測り難い精神的実在ならば、己れひとりの体験に頼って、これを測ってみるより、外あるまい。そういう彼の決心に照せば、「学術モ亦異ナルコトナシ」を、現代風に誤読する余地はない。これには、今日言われる意味で、学問の客観性という意味合いは、露ほどもない。彼はただ、誰も彼もが、人倫という大きな実在のうちに暮し、これに問われているなら、差別にかかずらっている小さな己れを捨てる決心は必至である、と言ったまでだ。そういう彼の精神が、其後の私学に生きつづけた。

学問は、その人の実践的動機により、その人の志の深さによって染められ、その人の固有の自発的な学問をする喜びが、学問自体に直結するようになった。もし誤解されなければ、学問は個性的なものになったと言ってもよい。誤解されなければ、という意味は、今日、個性という言葉は、濫用によって、ひどくその価値が下落して了ったからである。個性尊重の風潮或は教育に養われたのは、個性の仮面を被った自負に過ぎない。他と異ろうと努めたり、個性を意識的に延ばそうとしたり、或は個性を社会性に調和させようとしたり、要するに個性に関するとやかくの工夫で、弄り回されて、どうして個性が病まないでいられようか。病んだ個性は、個性を主張しながら、画一的な綱領や主義に対し、殆ど抵抗する力がない。自負心ほど弱いものはない。意識される自分のあれこれの個性などは、どれも皆疑わしい代物だと批判出来るには、もっと全的な個性を要するだろう。もっと大きな価値の為に、小さな個性が否定出来る為には、自負を知らない自覚が、個性的な信が、必要であろう。今日の個性尊重の教育が、教えまいと骨を折っている、この言わば第二の個性を思い出しさえすれば、藤樹等の学問が、個性的であったと言ってもいいと言うのである。

藤樹の一番弟子は蕃山であったが、彼は、藤樹学とは異った蕃山学を創り上げて了った。異を立てようとしたからではない。受取ったものが万人に同じように理解される学説ではなく、自分流に信じなければ意味をなさない志だったからである。同じ意味合いで、仁斎の一番弟子は徂徠であった。その間の消息について、蕃山はこういう事を言っている、「医者出家などのごとくに、師弟の様子はなく候。ただ本よりのまじはりにて、志の恩をよろこびおもふのみなり。我等道徳の議論をしてあそび候心友も、又かくのごとし。心友なるが故に、たがいに貴賤を忘るる事に候。全く師と不レ存、弟子にてもなく候」

現代に普及して、誰も怪しまぬ学問の考え方は、一種のシニスムを圧し隠しているると言っていいので、この何んの喜びもない考え方は、蕃山の証言するような喜びを迂回せざるを得ない。文明に関する知識と、文明の生態を感ずる事とは違うのである。蕃山は、自分の教養が、自分のうちで或は世間のうちで、どんな具合に生きているか、そのはっきりした具体的な感じについて証言しているのだが、今日の知識人は、自分の知識について、どんな個人的証言が出来るのだろうか。自分の教養に、一体、具体的な感じなどというものが持てているのだろうか。問題はそこにある。

闇斎の京都の講席に出入していた高弟の一人は、「其の家に到り、戸に入る毎に、心緒惴々《ずいずい》として、獄に下るが如く、退いて戸を出るに及んで、則ち大息して虎口を脱するに似たり」と言っているが、これも、学問をする喜びの証言である点で変りはあるまい。誰も強制されていたわけではない。好き好んで出入りしていたのである。嫌ならつい隣りにあった仁斎の塾に行けばよい。和気藹々としていて、茶菓も出た。論語の講義には酒も出た。

闇斎の塾も盛大であったが、仁斎の弟子となると、これはもうあらゆる階級に亘っている。多くの公卿や富商を弟子にしていた一方、「日札」を見ていると、参州島原の僻村から、はるばる入門した二人の農夫の死が、心をこめた筆で悼まれている。村に還った門下生は、仁斎の著作を読み、大声を発して、狂せるが如き様であったから、誰も相手にしなかったが、やがて村民の信望を得て、村人のうちには、家に経書を蓄えるものも出て来た。仁斎もこれを一奇事也と言っているから、学問の普及と言っても、高の知れたものだったに違いないが、注意すべきは、その普及の質である。仁斎が、一農夫に餞別に贈ったのは、最高と信ずる自分の著作の草本であった。彼には割引品や代用品の持合せはなかった。求める方も、学問とは、人生の意味と価値とについての学問である事を承知していたから、安値で買えるとも、又、農民には不必要な専門とも、少しも考えてはいなかった。

これが、蕃山が「本による交はり」と呼んだところのものだ。今日の人々は、これをアイディアリズムと呼びたいだろうが、言葉を玩弄する事なく、アイディアリズムを言うのは、非常に難かしい事だろう。蕃山は、官学の官吏登用手段としての学問の傾向を看破していたし、これに、実際に苦しみもした。そういう彼に、官学で扱われている本が死物に映っていたことに間違いあるまい。書物が実用を強いられて、一片の反古と化しているのを感じていただろう。もし、彼に、本が、人倫という精神的存在について絶えず問いかけて来る何か或る生きたものと経験されていたのなら、それは、一般化され、習慣化され、物質化されるのを拒絶している或るもの、と彼に感じられていた事は、極く自然な事だろう。そういう意味でなら、彼の精神にアイディアリズムがあったといっても、少しも言葉を弄する事にはなるまい。それならば、彼が、このアイディアリズムを、しっかりと握って、実世間に処したればこそ、「交はり」というリアリズムが摑めたと言っても、これは全く常識的な考えではないか。

人間というものを改めて考え直そうという熱意は、江戸中期にかけての学問の復興期に、最も強かった。この動向を、現代人に親しいヒューマニズムという言葉で呼んでみてはどうかと考えた時、この言葉の多義性に衝突し、エリオットのヒューマニズムの弁名に、想いを致した。もし彼のように、この言葉の意味を純化して使うなら、一応、ヒューマニズムという言葉を、使っても差支えないだろうと私は思ったのである。エリオットは、ヒューマニズムを尊重したが、ヒューマニズムで自分には充分と考えた人では勿論ない。だが、これは彼自身の問題である。私が、彼の考えに言及する限りでは、次の点に注意を惹かれたまでだ。彼がヒューマニズムを言う時に抱いている人間像は、知的に構成されたものではない。初めからそういうものに無関心な詩人に本来な人間の生に対するヴィジョンなのである。このヴィジョンは、機械性或は物質性と断絶しているから、まさしく観念的と呼べる。だが、彼の文化というものに対する全く現実的な見方は、この観念性の照明によるのである。文化に関する議論が、文化という生を覆う事が、彼には我慢がならないからだ。

蕃山は、師はないが、志の恩を思い喜ぶという事はある、と言った。もし、志という言葉に定義が考えられないなら、敢えて、これを、人生の絶対的な意味に関するヴィジョンと呼んでも差支えあるまい。それなら、恩とは、そういうヴィジョンを持っていると感じられる人に会えた機縁を言いたいのだろう。喜びとは、この大きなヴィジョンが、自分の小さな肉体を無理にも通過しようとする、その言わば触覚の如きものを指したであろう。このような厄介な喜びを抱いた人々には、狂信者への道は閉されていたが、学問の整備された体系化への道もなかった。

彼等には、ただ、少数の本による心友の交わりを結ぶ事が出来ただけであったが、この彼等に確実に出来た事は、確実に、空想を交えずやり遂げられたのである。彼等が願ったのは、学問の伝達や普及ではなく、学問をする人々各自の自覚であった。遠方から来る友を待つとは、彼等が高度のものと信じていた自分等の学問の質の低下を防ぐ為には必須の条件であった。もし、彼等が、人間に関する今日の学問が、大きな価値を付している集団的意識という考えに出会ったなら、彼等は大いに驚き、そのようなものを人間的意識とは認めまい。時代のへだたりというものは大きなものである。だが、大事な事は、彼等が為した努力の跡を直接に見る事だ。見てみれば、それが、時代のへだたりにも係わらず、私達に、直接に問いかけて来るのを避ける事は出来ない。それを知る事だ。

（文藝春秋　昭和三十七年四月）

還暦

私は、今年、還暦で友達にお祝いなどされているが、どうも、当人にしてみると妙な気分である。私の周囲には、去年還暦、来年は還暦というのが幾人もいるが、見渡したところ、やはり賀の祝いにしっくり納まるような顔付きは見当らないのである。何んの事はない、何や彼やと心忙しく、とても呑気に歳なぞとっていられない時勢に、みんな生活しているという事になるのだろう。

古い習慣というものは、皆いずれは、ちぐはぐな事になり、やがて消滅する、と言って了えば身も蓋もない。考えて行けば身も蓋もなくなる、そんな考えに、私は、興味の持ちようがない。話は逆なのである。お互に、こんな気忙しい世の中に生きているのだから、せめても還暦のお祝いでもやろうか、みんなそう考えているのだ。それなら身のある話になるだろう。それなら、賀の祝いという旧習が、いかに人生に深く根ざしたものであるかに、想いを致してもいいだろう。

文明の進歩は、私達の平均年齢を、余程延ばしたと言われる。これに間違いはあるまいが、平均年齢延長を祝うわけにはいかない。だから、還暦なぞ、古稀まで繰り延べればよい、古稀は米寿に延ばして了え、その内に、ぽっくりいくだろう。賀の祝いを止めれば、葬式も止めるのが合理的である。実際、現実家を気取った男が、俺には葬式はいらぬなどと口走るのを聞く。葬式は死んだ当人が出すのではない。葬式をするのは他人である。だが、こういう放言には、もっと深い自負が隠れている。彼は、年齢を何か品物のように扱っている。言わば、年齢という自分の金をどう使うも、自分の勝手だと思っている。彼は、自分の人間らしい心の、自負による硬直に気が付かない。

この頃は、長寿の人が殖えた、と言うより、平均年齢が延びたという方が、正確な言い方だと考え勝ちだが、そんな事はない。言葉の発想法が、まるで違うのである。例えば、名人という言葉の代りに、無形文化財と言う。言葉が正確になると、意味は貧しくなるという事もある。私達は、長寿とか延寿とかいう言葉を、長命長生と全く同じ意味に使って来た。目出度くない長生きなど意味を成さない、と考えて来た。では、何故目出度いか、これは誰にも一と口で言えぬ事柄だったが、何時の間にか、天寿という言葉が発明され、これを使っていると、生命の経験という一種異様な経験には、まことにぴったりとする言葉と皆思った、そういう事だったのだろう。命とは、これを完了するものだ。年齢とは、これに進んで応和しようとしなければ、納得のいかぬ実在である、こういう思想の何処が古臭いのかと私は思う。孔子は、還暦を「耳順」の年と言った。耳順《みみしたが》うとは面白い言葉で、どうにでも解されようが、人間円熟の或る形式だと考えたのは間違いない。寿という言葉も、経験による人の円熟という意味に使われて来たに相違ないので、私などは、さて還暦を祝われてみると、てれ臭い仕儀になるのだが、せめて、これを機会に、自分の青春は完全に失われたぐらいの事は、とくと合点したいものだと思う。ところが、このいかにも判然とした、現実的な感覚が、ともすれば、私から逃げるのである。やはり、私が暮している現代の知的雰囲気が、強く作用している事を思わざるを得ない。

思想に年齢があるという意味合いは、意外なほど、今日では、解りにくい事になっている。そう言えば、直ぐ反対される。それを発見したのが、まさしく今日のわれわれではないか、思想は歴史的なものである、と。だが、そういう時、必ず自分の歴史は棚に上げているのが現代の流儀である。ついうっかりして棚に上げるのではない。この厄介な現実は見ぬ振りするのだ。私の歴史とは、私の年の事だ。死んだ児の年を数えるとか、年甲斐もないとかいう、あの年の事だ。今日流行の歴史という言葉は、あの私達に親しい年齢とは、ひどくかけ違ったものになって了った。年齢の秘密は、心理学の対象としても、まことに不向きなものである。

円熟という言葉を考えてみると、もっと解りやすくなるだろう。現代が、円熟するにはむつかしい時代であるとは、誰も解り切った事のように言う。こう多忙で複雑では、と言う。しかし、円熟する事は、今日でも必要な事だし、現に円熟している人は沢山いる。芸術家にしても野球選手にしても、その生活は技の円熟を他所にしては意味を成さないのである。では、何故、文化に最も関心を持ち、文化について激しく論じている人達が、あたかも、円熟などは芸人にまかせて置けと言う態度を取っているのだろうか。こういう人間のタイプは、何時の世にもあったのではない。技の円熟がないところに、如何なる形の文化も在り得ないという事を忘却した文化人のタイプとは、現代に特有なものではあるまいか。

眼高手低という言葉がある。それは、頭で理解し、口で批評するのは容易だが、実際に物を作るのは困難だと言った程の意味だ、とは誰も承知しているが、技に携わる人々は、技に携わらなければ、決してこの言葉の真意は解らぬ、と言うだろう。実際に、仕事をすれば、必ずそうなる、眼高手低という事になる。眼高手低とは、人間的な技とか芸とか呼ばれている経験そのものを指すからである。

芸術家は、観念論者でも唯物論者でもない。心の自由を自負してもいないし、物の必然に屈してもいない。彼は、細心な行動家であり、ひたすら、こちら側の努力に対する向う側にある材料の抵抗の強さ、測り難さに苦労している人である。彼の仕事には、たまたま眼高手低の嘆きが伴うというようなものではない。作品が、眼高手低の経験の結実であるとは、彼には自明な事なのである。成功は、遂行された計画ではない。何かが熟して実を結ぶ事だ。其処には、どうしても円熟という言葉で現さねばならぬものがある。何かが熟して生れて来なければ、人間は何も生む事は出来ない。

そういう意味合いが、もともと生産という言葉には含まれていると思うのだが、今日の生産という言葉の濫用は、機械による厖大な物的生産に見合うものであり、言葉の抽象化によって濫用が可能という次第だから、従って濫用する当人も、文化論の多量生産を行うわけである。無論、この仕事には円熟の余地なぞあり得ないし、又、文化論者が文化の担い手であり、文化論の花が咲くところに文化があるという、これも現代に特有な錯覚が広く行渉っているから、文化と円熟とは無関係だという考えも蔓延する。現実の形ある文化を作っている人達は、芸術家の、どう仕様もない手続きを踏んでいるから、まるで弾圧を蒙ったような有様で、文化については、片言しかしゃべれない。

円熟が定義し難いのは、例えば自由が定義し難いのと同じく、いずれ、私達の生きている事実に浸った言葉だからであり、恐らく、両者は、生の深みで固く結ばれているだろう。だが、これは当面の話ではない。何故、今日、自由という事が盛んに言われ、あたかもこれに準ずるが如く円熟という言葉が軽んじられているか、という心理的問題になれば、これは、かなりはっきりした事だ。自由に円熟なぞ、誰にも出来ない。円熟するには、絶対に忍耐が要る。自由は、空想や自負に直ぐ結び付き易いが、円熟にはそのような要素は更にない。固く肉体という地盤に根を下している。そういう事だと思われる。忍耐の価値を、修身教科書の片隅に追放していい理由なぞ何処にもないのである。

忍耐とは、癇癪持ち向きの一徳目ではない。私達が、抱いて生きて行かねばならぬ一番基本的なものは、時間というものだと言っても差支えはないなら、忍耐とは、この時間というものの扱い方だと言っていい。時間に関する慎重な経験の仕方であろう。忍耐とは、省みて時の絶対的な歩みに敬意を持つ事だ。円熟とは、これに寄せる信頼である。忍耐を追放して了えば、能率や革新を言うプロパガンダやスローガンが残るだけである。時間は、腕時計やサイレンの音と化し、経験され、生きられる事を止めるからだ。

自分の青春が失われた事を、とくと合点したいものだ、と書いたが、私は、何も個人的な告白がしたかったのではない。還暦にでもなれば、誰もそう思うのは当り前だと言ったまでなのだが、そのような個人の主観に属するものは、思うも思わぬも当人の主観にまかせて置けば沢山な事だ、と言われるかも知れない。しかしそんな風に事を片付けたがる現代知性の通念もひどくあやふやなものと思われる。私は、還暦に際して、死の恐怖を覚えてもいないし、失われた青春を惜しんでもいない。私が年齢の足音を聞くのには、感情に負ける必要なぞ少しもないように思われる。足音は、年齢の方から確実に伝わって来るから、私は、ただこれを聞かざるを得ないまでで、これを聞く聞かないは、私の勝手ではない。感情を動かしたり、知性を働かしたりすれば、却って聞くのに邪魔になるようなものだ。誕生に始り、死に終る動かす事の出来ぬ精神的秩序をもった年齢の実在は、例えば向うに在る動かせぬ物的秩序を持った山と同じぐらい確実なものだ。これは常識に適った考え方ではなかろうか。

確かに過ぎて了って、今はない私の青春は、私の年齢のうちに、現に私の思い出として刻まれて存する。これは、年齢というものの客観的な秩序であって、私の力で、どうなるものでもない。従って、私は、幾つかの青春的希望が失われたが、その代り幾つかの青春的幻想も失われた事を思う。言いかえれば、私は、今の年齢が要求するところに応じた生活態度を取っているのである。この私の思想の退っぴきならぬ根源地を見ている限り、私には、気まぐれな空想もない。

還暦と言えば、昔はもう隠居である。今日では、社会生活の条件がまるで違って了った、という意味でなら、もうそんな馬鹿な真似も出来ないと言うのはいい。だが、これに準じて隠居という言葉の意味も馬鹿気たものにして了う理由はあるまい。隠居という言葉には、私達が、実に長い歴史を通じ、生活経験に照らし、練磨して来た具体的な思想が含まれている筈だろう。年齢の呼びかけにどう応ずるかについての日本風な或は東洋風な知恵があるに違いないだろう。そんな事を言い出すと私などには手に負えぬ難かしい問題になって来るが、ともあれ、私は、隠居という言葉を真面目に受取っている。

いつか、隠居に相当する言葉が西洋にもあるだろうかと、英国に長く生活していた人に聞いてみた事がある。彼は、"country gentleman" の事だと答えた。だって、日本では、隠居は隣りにいるか、横町にいるに決っているではないか、と私は笑ったが、有名な「市隠」の思想は、落語に出て来る、明るい親しみのある隠居の姿にも、通っている事が感じられる。田舎などに逃げ出す隠居にろくな者はない。大隠は市に隠れるの伝来思想は、日本人の生活の中に、恐らく、深く生きたのである。隠士、逸民なしに、支那の思想史、精神史は考えられもしないが、それと言うのも、彼等が、皆、高級な意味での横町の隠居達であったが為であろう。

「大隠ハ隠ル二朝市ニ一」の思想は、道家の専売ではなかった。「荘子」によれば、孔子は陸沈という面白い言葉を使って説いている。世間に捨てられるのも、世間を捨てるのも易しい事だ。世間に迎合するのも水に自然と沈むようなものでもっと易しいが、一番困難で、一番積極的な生き方は、世間の直中に、つまり水無きところに沈む事だ、と考えた。この一種の現実主義は、結局、年齢との極めて高度な対話の形式だ、という事になりはしないか。歴史の深層に深く根を下して私達の年齢という根についての、空想を交えぬ認識を語ってはいないか。

孔子は七十三で死んだが、誰も知る通り、彼は、十五歳で学に志してから、幾つかの年齢の段階を踏み、七十歳で学が成就した、と言った。これが、自分には、そういう次第であったが、他人には又別のやり方があろう、という彼の告白だったとしたら、何も面白い事はない。又、そんな事では、彼の出現が、学問史上の大事件になった筈もない。彼は、単に学問的知識を殖やすのには時間がかかると言ったのではない。そんな事は、彼の考えてもみなかった事で、彼は、まるで違った意味で、年齢は真の学問にとっては、その本質的な条件をなすと言ったのである。世の中は、時をかけて、みんなと一緒に、暮してみなければ納得出来ない事柄に満ちている。実際、誰も肝腎な事は、世の中に生きてみて納得しているのだ。この人間生活の経験の基本的な姿の痛切な反省を、彼は陸沈と呼んだと考えてみてはどうだろう。

孔子の学問には、科学というものが、歯でも抜けたように、ぽっかり抜けていた。これは間違いではない事だが、そんな考え方をしてみても仕方がない。孔子の学問を見直す道は開けて来はしない。そういう考え方は、否定による定義のようなもので、本当は、物の役に立たぬ。孔子にとっては、自分が直面した問題に比べれば、太陽が毎日東から上ったり、水が低きに流れたりする、所謂客観的な事物の動きは、学問に待つまでもなく、解り切った話であった。彼の学問の志を動かすに足りなかった。そう平凡に率直に考えて、何故いけないのだろう。

彼は、生きるという全的な難問にぱったり出会ったのであり、難問を勝手にひねり出したのではない。難問は、誰彼の区別なく平等に配分されているのが、実状であると見たのである。彼の学問は、これも極く普通の意味で、哲学であったと言っていい。哲学とは「死の学び」であるというソクラテスの言葉は有名である。プラトンの思想に於いて、この言葉が正確には、どういう意味を持っているかというような事には、私は不案内だが、この言葉が、何故有名になったかは、解り易い事だし、その方が大事な事に思われる。恐らく、それは人々の生活経験に直接に訴える、或る種の名言の持つ現実的な力による。誰も、この言葉をソクラテスの気紛れな思い付きと思いはしない。彼にそう言われて、自分の心に問うぐらいの用意は誰にでもあるだろう。孔子の「焉《イズクン》ゾ死ヲ知ラン」も有名な言葉だが、論語も一種の対話篇であり、質問次第で、彼は、学問は死を知るにあるとも言えた筈である。ソクラテスも、哲学を始める年齢を、五十歳とはっきり決めている。人の一生という、明確な、生き生きとした心像の上に、学問が築かれている点では、二人とも同じなのである。

私達の未来を目指して行動している尋常な生活には、進んで死の意味を問うというような事は先ず起らないのが普通だが、言わば、死の方から不思議な問いを掛けられているという、一種名付け難い内的経験は、誰も持っている事を、常識は否定しまい。この経験内容の具体性とは、この世に生きるのも暫くの間だ、或は暫くの間だが確実に生きている、という想いのニュアンスそのものに他なるまいが、これは死の恐怖が有る無いというような簡明な言い方をはみ出すものだろうし、どんな心理学的規定も越えるものだろう。日常生活の基本的な意識経験が、既に哲学的意味に溢れているわけで、言わば哲学的経験とは、私達にとって全く尋常なものだ、という事になる。ただ、このような考え方が、偏に実証を重んずる今日の知的雰囲気の中では、取り上げにくいというに過ぎない。人の一生というような含蓄ある言葉は古ぼけて了ったのである。しかし、この言葉は、実によく出来ているのであり、私達は、どう考えても、その新しい代用品を発明する事は出来ないのである。せいぜい出来る事は、現代的趣味を通じ、古風な言葉と眺めるくらいな事ではないだろうか。趣味たる限り、現代的趣味が、懐古的趣味より上等だという理由もあるまい。

近代科学は、よく検討された仮説の累積により、客体の合理的制限による分化によって進歩した。学問内部の問題として誰もこれを疑いはしない。その成果に対する過分な評価がもたらした、広汎な、疑わしい心理傾向となれば、これは別の事である。科学は合理的な仕事だが、科学の口真似による知性の自負となれば、非合理的な心理事実に属するのであり、これを趣味の一形式と呼んで少しも差支えない。こう言えば、逆説的に聞えるかも知れないが、この広く行渉った趣味が、現代の知識人を、本当は無意識な人間に仕立て上げているのである。彼等の、本質的な意味で反省を欠いた、又その為に多忙な意識は、言わば見掛けだけのものだ。

真の科学者なら、皆、実在の厚みや深さに関して、痛切な感覚は持っている筈だ。

彼等の意識は、仕事の喜びや悲しみによってはぐくまれている筈だ。だが、科学の口真似には、合理化され終った多数の客体に自己を売渡す事しか出来はしない。意識的であるという事は、合理化された客体という己惚れ鏡を持っているという事に過ぎなくなる。内省によって捕えられる意識が、すっかり外部に投影されて了うのである。心の或る機能に過ぎない知性を自負する事は、心を硬直させずには済むまい。硬直した意識に、どうして硬直が意識出来よう。能率的な生き方という一つの道が開かれているだけだ。社会の一般的な規格的な条件に、出来るだけ能率的に順応しようとする意識は、多忙だが、決して敏感ではない。鈍感性は、いくら己惚れ鏡を磨いても、生きた意識の独自性は、映らないというところから来ている。又、その事が、この独自性が、私達の心に生来のものである事も忘れさせている。

だが、能率主義などで、誰にも自分の全生活を覆えるものではない。事実、誰も、家庭にあったり、友達と付合ったりする時には、意識の生来の敏感性に立還らざるを得ない。人の一生という言葉の持つニュアンスが感じ取れなければ決して解らぬ言行に立戻っているものだ。人の一生という言葉は、よく出来た言葉だと言ったが、それは、誰かに、何時、工夫されて出来たという種類の言葉ではないからだ。私達の生という地盤に生い立ち、私達の意識まで延びて来た樹のような言葉のうちで、最も優秀なものと思えるからだ。その枝ぶりを見るのには、詩人の能力が要るかも知れないが、そういう根底的な事柄に関しては、誰も詩人である筈だろう。この言葉によって描き出される心の形は、見たいと思う人には、誰にでも、見たいと思うだけ明瞭なものだろう。

心のうちで経験されるその形は、外的知覚とは直接に結ばれていないが、幻影や空想である筈もないから、誕生と死との動かせぬ秩序を私に告げているだろう。同時に、それは、外界の事物の模像でも代用品でもないのだから、自身に固有な豊かな意味を告げているであろう。人の一生という言葉のニュアンスを感じるとは、誰の意識も、硬直さえしていなければ、そういう経験をしているというその事だ。

人の一生という言葉に問う事は、この言葉から問われているという事だ。言葉を弄するのではない。それは、意識の反省的経験に固有な鋭敏性なのである。古代の支那人は、人の心を琴に喩《たと》えるについて、古代のギリシア人に相談したわけではない。「ホーマーの琴」がなかったら、プラトンの学問がなかったのは、「詩」を学ばなければ、孔子の学問がなかったのと同じ事である。これを想う事が、月への旅行より詰らぬ旅行であろうか。

（文藝春秋　昭和三十七年八月）

天という言葉

「天」とか「命」とか「天命を知る」とかいう言葉は、今日、特にジャーナリズムの上に現れると、いかにも古色蒼然たる姿を呈する。これには、私も異存はないが、新語の出現と応接とに暇のない私達が、例えば、「活動写真」という言葉が古臭くなるのと同じあんばいで、「天」という言葉も古びた、そういう迂闊な考えで居るのも、争われぬ事のように思われる。

日本の最初の思想家が、かりに聖徳太子だとするなら、既に彼が、天という言葉について考えこんでいたと推察して少しも差支えないわけで、してみると、これはずい分長持ちした言葉という事になるのであり、又、そう取らなければ、古色蒼然も意味を成さない。そんな古い昔を言わなくても、戦国時代が終り、日本人が、学問とか思想とか呼ばれるものの一本立を意識し始めてからこの方、人生の意味について自問したどんな沢山な人々が、この同じ言葉を使って来たか。この言葉を使って、何かの用を足して来たわけではないし、何か実際的な効果をあげて来たわけでもない。従って、これは使われて来た言葉というよりも、寧ろ、注意深く眺められ、その意味を問われて来た言葉だと言ったほうがいいかも知れない。生活するだけでは足りない、生活の意味を求めなければ、と考えた或は感じた人々の心には、必ずこの言葉が浮んで来た。彼等の内的認識の野を限って、様々な姿で、生き死にして来たこの同じ言葉の眼に見えぬ歴史を想っていると、一片の言葉も古典の趣を帯びるのが感じられて来る。

私は、決して懐古的になっているわけではない。自国語に対して、当り前な態度を取っているので、国語改良論者のように、国語の実用的価値だけを過信しないまでである。それにしても、文化的という事が実用的という事に急変した現代の雰囲気に生活している私達の、言葉の無用の価値に関する忘却は深い。深いというより、これは度忘れに類するだろう。時代の嗜好などで、言葉は、その本性を変えはしない。

天という言葉が、近世この方、学者達によって、どんな意味に解されて来たかを言うのではない。私には、そんな学識はない。私は、長い歴史を通じて、人間の自覚という全く非実用的な問題が現れる毎に、この言葉が、人々の内的生活のうちに現れたのは、あたかも、同じ木の葉が、時到れば、繰返し色づくのを止めなかったようなものだ。天という言葉は、沢山な人々によって演じられて来た自覚という精神の劇の主題の象徴であった。それを想ってみている。想ってみている限り、昔は、自覚の問題も簡単だったから、天というような、簡単な言葉が一つあれば足りた、というような愚かな考えの這入り込む余地はない。

天という言葉が象徴的だったという意味は人生の意味を問おうとした実に沢山な人々の、微妙な言い難い心情に、この言葉は、充分に応じてくれたし、その点で、これ以上鋭敏な豊富な表現力を持った言葉は考えられないと誰もが認めていた、そういう事なのであり、従って、この言葉は、自覚の問題が、彼等の学問なり教養なりの中心部に生きていた事を証言している、そういう意味だ。

天という言葉は、今日では、もはや死語であろうか。これは、私には閑問題とは思われない。或は、例えば、天という言葉は死に、代りに自由という言葉が見つかった、と言うかも知れない。しかし、それは何処に見つかったのか。確かに、現代知識人達の内生活のうちにか、という事になれば、これは極めて怪し気な事になるだろう。自由にしても、言葉の素姓には変りはあるまい。人間たる所以のものを問い詰めて行った精神の努力との長年の付合いで生きて来た。自由とは、その生きて来たという定義し難い意味を荷っているのであって、無論、外的事物を指示する言葉ではない。そういう言葉の持っている黙した意味の目方とでも言うべきもの、言葉の象徴的価値と呼んでいいもの、これに対して、現代人は、ひどく鈍感になっている。

これに対して特に敏感でなければならない文学の世界でも、言葉を事実に服従させようとする強い傾向に、一般には服従しているように思われる。言葉の象徴性などは、象徴派詩人で終ったと考えている。ヴェルレーヌとともにサルトルは読めないものと決めている。例えば、今日の代表的知識人が、こんな事を言う。精神の自由というような空言を吐かず、具体的な自由の姿を求めれば、ソヴェトには自由が少な過ぎるのではなく、日本には自由が多過ぎる事がわかる、と。このような形で、自由という言葉が一般に使われて怪しまれないのを見ていては、天の代りに自由を見付けたなどとは、私には到底考え難い。

天の意味が古くなり、新しく自由の意味を問うようになったのではない。凡そ言葉の意味というものへの感受性を急激に失ったのである。そういう歴史が放心状態で流れる時期にも、歴史家は、歴史の意味を求めたいのであろうか。御苦労な話である。自覚とか反省とかの努力が、自由という言葉の住処《すみか》であり、糧《かて》なのだが、これを奪われたら、自由は形骸と化する他はない。なるほど、言葉は便利なものだから、自由な生活だとか、自由な制度だとかと喩え話は、いくらでも出来るわけだが、これに慣れ切って了えば、自由は外にしかないと思い込むのに何んの無理もあるまい。自由を言う人々が、事物化された自由の調理に余念がないのも、精神の空白という代償を払っていればこそだ。

前に福沢諭吉の思想に触れた折、彼の豪さは、単に、西洋文明の明敏な理解者、紹介者たるところにあったのではなく、そのこちら側の受取り方なり受取る意味合いなりを、誰よりもはっきりと考えていた処にあった、外来の知識は、私達に新しい活路を示したが、同時に、新しい現実の窮境も示した事を、見抜いていた点にあった。それに就いて、管見を述べたのだが、未知の読者から批判や質問を受けて、問題の微妙を改めて感じた。

福沢という人は、思想の激変期に、物を尋常に考えるには、大才と勇気とを要する事を証してみせた人のようなものだ。彼の思想の力或は現実性は、面倒な意味でのその実証性或は論理性にあるより、むしろ普通の意味で、その率直性にあった、と私は考えている。当時の急激な過渡期に処するとは、彼に言わせれば「恰も一身にして二生を経る」困難な経験をする事であった。彼は、この事実を、極めて率直に容認した上で仕事をした思想家である。

ところが、この基本的な認識が、殆ど信じ難いほどむつかしいのは、急激な過渡期に際し、福沢の言う、恰も「一身にして両頭あるが如」き知識人が必ず氾濫する事が証している。まさか一身を両分するわけにはいくまいが、人格は、精神さえ空白になれば、幾つにでもたやすく分裂するだろう。福沢は、これを実に鋭く看破していた。看破する力は、彼の分裂を知らぬ自覚から発していたのだが、この自覚の姿は、彼のいわゆる「実学」の影に隠れたのである。

彼我の文明、新旧の思想は、水火の如く異っている、と福沢は考えていた。「酒に水を和したるは尚ほ飲むべし」「酒中に魚油を和して」どうしようというのか。両者の妥協や結合につき、仔細らしい工夫を言う者もあるが、皆、徹底的な態度を欠く、半信半疑の徒である、旧文明について自分は、「これを棄つるや殆ど吝しむ所なし」と言う。彼に限らず、一般の文明開化論者も、皆そう言えたであろう。だが、こういう言えば同じになる言葉の裏に隠された当人の自覚の性質が、まるで異っていたのである。言葉というものは、みんなそんなものだ。

これは福沢だけの問題ではない。歴史は鏡なのである。文化の混乱期に、文化論が盛んになるのは、皆当り前のように思っているが、考えてみると妙な事で、文化の混乱期とは、盛んな文化論議では到底片付かない、時間だけしか解決出来ないような困難、そういう本質的に困難な文化の実相が、見える人には見えている時期だろう。観察者が、沈黙を強いられている一方、論議者は多弁になっている。言いかえれば、文化の混乱期とは、論者が問題を任意に設けるのが、大変易しい時期だという事になる。論者の周囲は、そういう問題だらけになり、彼は、問題の任意な解釈解決に走るだけなのだから、実相というものは、実は彼等にとっては無いわけなのだが、そんな事を言えば、論者等は、混乱した実相なぞは誰の眼にも映っているだろう、自分のような論者を待つまでもない事だ、と答えるだろう。事は、それほど面倒だ。

福沢の文明論に隠れている彼の自覚とは、眼前の文明の実相に密着した、黙している一種の視力のように思える。これは、論では間に合わぬ困難な実相から問いかけられている事に、よく堪えている、困難を易《やさ》しくしようともしないし、勝手に解釈しようともしないで、ただ大変よくこれに堪えている、そういう一種の視力が、私には直覚される。「恰も一身にして二生を経るが如」き経験とは、その直《じ》かな表現なのである。

これは傍観者の眼ではない。無論、彼は画家ではないが、外物に据えられた彼の眼は、絵を描こうとする画家のような、外を見る事が内を見る事であるような眼だった事が感じられる。こういう事を言うと、文学的比喩を弄すると取られそうだが、文明の分析家でも、解説者でも決してなかった、この実践的思想家の書き遺したところを読んでいると、その基本的な力は、それが極めて人間的な創作であることがわかり、辿って行けば、彼の人間の率直性に行きつく、と考えざるを得ないまでである。

文明論者としての福沢にあったような、率直な精神力は、文化現象の客観的な分析という言葉に慣れた今日の文化論者には、あまり解り易いものではない。それは、文明論を書く方法ではなく、むしろ現に在る文明の現実的な姿を見る眼の使い方に関しているからである。福沢は、東西文明の激突によって生じた文明の紛糾の条件なり原因なりを分析し、その解釈解法を求めた人ではない。私達が出会った文明の紛糾自体の形に、眼を据えた人だ。見れば見るほど、その姿は日本独特のものと映り、その個性を、そっくり信じた人だ。彼は、恰も、林檎を描こうとして林檎の個性を見て信ずる画家のように、文明の歴史的個性を見てこれを信じたのであり、この無私なヴィジョンのうちだけに、活路を見出した。自分の弱点を正すには、他人の美点が参考になるというような中途半端な事を考えた人ではない。

彼の精神は、問題意識とか危機意識とかいう現代風な言葉の指す心理状態とは、何んの関係もない。日本の文明が見舞われているのは、或は危機かも知れないが、その歴史的個性が生きて前進している事がよく信じられれば、それは、眼下に、「一世を過ぐれば、再び得べからざる」好機と変ずるであろう。そういうヴィジョンの力である。少しも格別なやり方ではない。生活力の強い、明敏な常識を持った人々が、その個人的な窮境を打開するのと同じやり方であり、これを福沢は、思想人として、はっきり自覚していたまでだ。ヴィジョンは、解法を教えはしなかったが、活路は教えた。一歩を踏み出す事を、実験によって自証する事を迫った。

この決心が、彼の文明論の動機として隠れている彼の自覚なのである。これが、彼の言う「東西学説の折衷を云はず」「儒流を根底より排斥せんと欲する」行為となる。「信ずれば大いに信じ、信ぜざれば全く擯《しりぞ》け、半信半疑は以て家に居る可からず、世に処す可からず」という事にもなる。そういうところに在る決断なり無私なりが、今日の思想家気質には、解りにくいものとなっているのではないか、と私は思う。今日では、もはや、そういった楽天的精神は、思想家には許されぬ、と言うかも知れないが、これは楽天的精神というようなものではなく、思想家の塩とも言うべき、無私の精神なのである。これが、解りにくくなるとは面白くない傾向だ。

本質的な意味でシニスムを欠いた無私が、通俗的な意味で楽天的と見えるような、そんな知的雰囲気のなかで、私達は平気で暮しているのではあるまいか、と私は疑う。

文化現象を一応客観的対象と見なし、これを分析的に研究する一定の方法を見出す、それはよい。それが学問の進歩なのである。だが、文化現象は、誰も知る如く、形ある物であるとともに形のない意味でもあるのだから、研究上の客観的な方法は、飽くまでも遠慮勝ちなものである筈なのだが、文化を論ずるものは、知らず識らずの間に、自ら使役する方法に吾が身が呑まれて了う。客観的態度という言葉を弄しているうちに、考えてみれば、客観的態度というような、文化に対し、普通、人間が取れもしない態度が身に付いて了うものらしい。こういう非人間的な態度には、狂信は結び付くであろうが、沈着な信念は、結ばれようがない。一方、客観的態度で、文化に対する人間が幾人もあり、めいめいその言うところを異にする光景は、眼に這入らざるを得ないのだから、其処に、自他に対するシニスムが発生する。無私という言葉は、このシニスムを透して屈折し、主観的な曖昧な心情の形で現れる。そんな風に思われる。

福沢は、西洋文明に心酔し、巧みに時勢に乗じた人であり、彼の実学は世を益したが、思想家としては浅薄を免れないと考える人も多いようだが、私は採らない。何はともあれ、優れていた人間であった事は確かなら、その優れていた所以を研究すれば、私には足りるようである。くどいようだが繰返す。彼は、生れ合わせた時と場所との為に、実にさっぱりと己れが捨てられた思想家だと思う。彼の著作に感じられる無私とは、白紙の心ではない。直視され、掛けがえのない実相で充満していた。そういう彼の無私に、物がよく見える人が、意地が悪いのは致し方がないという現代心理学から近付こうとするのは、全く無理な話だと言うのである。

扨て、天という言葉が長持ちしたという話が、あらぬ方向に行ったようだが、私としては、伝統という厄介な問題を考えていて、自然とそういう次第になったのである。私は、普通の意味での伝統を少し注意して考えたので、どんな伝統主義も考えているのではない。宣長のような天才的伝統主義となれば、これには格別な理解を必要とするかも知れないが、古いものから新しいものに赴くのは、歴史の鉄則なのだから、一般には伝統主義なぞ、或るパラドックスだ、と簡単に見なして置けば、それでいいように思われる。

実際、文化の趨勢は、一本筋にはいかず、動反動、その他の波があり、伝統主義が機を捕えて、発言するのが見られる。だが、声高なだけで、思想的表現力を欠くこの発言は、やがて消え去る。これは伝統を、伝統主義などによって捕える事が、先ず不可能な事を証しているのではあるまいか。常に見られる進歩派と保守派との対立は、伝統の問題には、恐らく何んの関係もあるまい。両者が争っている対象は、伝統というよりむしろ怠惰な精神にも自明な習慣というものだ、と言った方がいいだろう。伝統とは、それほど空漠として捕え難いものか。私はそうだろうと思う。そういう実在だと思う。これは、否定的には、誰でも知っている事で、記憶喪失が病気であるのを知っているように、過去の根を失った文化が狂う事は誰もよく知っているのだ。ただ、過去の根という形のない力を、何処でどう摑えるかとなると怪しくなるだけの話だ。

独創性などに狙いをつけて、独創的な仕事が出来るものではあるまい。それは独創的な仕事をしたと言われる人達の仕事をよく見てみれば、誰も納得するところだろう。伝統もこれに似たようなものだ。伝統を拒んだり、求めたりするような意識に頼っていては、決してつかまらぬ或る物であろう。それなら、伝統は無意識のうちにあるのか。そうかも知れないが、この無意識という現代人の誤解の巣窟のような言葉を使うのは、私には気が進まない。伝統とは精神である。何処に隠れていようが構わぬではないか。私が、伝統を想って、おのずから無私が想えたというのも、そういう意味合いからである。

　無私な一種の視力だけが、歴史の外観上の対立や断絶を透して、決して飛躍しない歴史の持続する流れを捕えるのではないだろうか。そういう眼の使い方を、特に審美的な見方として毛嫌いしなければ、何もこれは文化の科学的分析と抵触する筈もない。ただ、分析によって、この眼を得る道はないだけであろう。伝統は、そういう眼にしか捕えられない、そういう眼のうちでしか、その純粋な機能を果さない、伝統という言葉を、感傷的にも侮蔑的にも使うまいと思い詰めていると、この言葉は、どうもそういう姿を取らざるを得なくなって来るように思われる。伝統は拾うも捨てるも私達に自由なものではない。それは、私達の現存が、歴史的なものだという自覚の深浅だけに関わる観念なのである。

　福沢に、新知識より新知識の自証が問題だったのなら、彼が「大いに信じた」ものは、むしろ彼自身だった筈だろう。「私立」「独立」に関する知識は外から得たろうが、その「本心」や「丹心」と彼が言うものは、彼の内から発したものだ。自由という言葉の事物化なぞ、彼には考えてもみられなかった。「天は人の上に人を造らず、人の下に人を造らず」の言の出処に議論があるのも、無論、これが単なる訳文ではないからだ。彼は、ジェファーソンの考えを案じて、彼自身の文を成した。

本当の出処は、彼自身にあったと言ってよい。“Nature's God”に対し、天という言葉が、期せずして応じ、蘇る。誰も無から発明するものはないのだから、伝統とは無私な発明のことだろう。伝統は、そんな風に働く、と言えば、伝統主義には気に入るまい。伝統という言葉を、そんなに微細に使っては、伝統が紛失するとでも考えるからであろう。しかし、人間は、大袈裟にも大雑把にも生きられはしないのだ。心の歴史も亦そういうものであろう。

福沢の教養の根底には、仁斎派の古学があった。「天は人の上に人を造らず、人の下に人を造らず」を言う時、彼は、仁斎の「人の外に道なく、道の外に人なし」を想っていたと推測してもいいし、又、彼が、洋学を実学として生かし得たについては、仁斎の言う「平生日用之間に在る」「実徳実智」が、彼の心底で応じていたと想像しても少しも差支えないだろう。福沢は、「古学の精神の密」を言い、「儒学の極意」を言い、「儒教本来の主義」を言ったが、これらの言葉の意味内容については一と言も語らなかった。これが、説明し難い彼自身の覚悟として生きている限り、洋学を肉体化するよすがとなっている限り、彼には語る必要はなかったであろう。伝統は、そんな風にも、微妙に働く。大雑把に伝播し、腐敗した学説は、彼が転覆せんとした、彼の所謂「儒流」であった。

実は、私は、天という言葉を、徂徠がどのように解していたか、その精神の窗を辿ってみたかった。この種の領域で、優れた先輩達が払った努力の跡には、新機軸の案出などで決して抜けない真実があり、これを知る事は閑問題と思えなかったからであるが、前置きめいたもので手前どったから又の機にする。

（文藝春秋　昭和三十七年十一月）

哲　学

哲学という言葉を、初めて使ったのが西周《あまね》である事はよく知られている。彼は、多忙な役人生活を送って、哲学に深入りする事はなかったが、哲学という言葉のみならず、主観、客観、先天、後天、実在、観念等々の、今日普通に使われている哲学的用語の大部分は、研究家によれば、彼の造語だと言われている。

この少壮洋学者は、幕末の騒動を他所に、蕃書調所に引籠り、ひたすら西洋留学を期して、勉強していた。当時の彼の確信によれば、当節の政治に関心を持つ人々のてんやわんやは、詮ずるところ、「己れを知り、他を知るに暗き」輩の尊大に由来するのであった。耶蘇教などは、「毛の生えたる仏法にて、卑陋の極、取るべきこと無之」と思われるが、西洋学者の説くところには、「実に可驚公平正大の論」があり、就中、「フィロソフィア之学」は、「性命之理を説」いて、「程朱に軼《す》ぐ」るものがある、と言っていた。そういう次第で、わが国最初の西洋哲学の講義は、物情騒然たる中で、一蘭学者により、僅かばかりの人々を相手に、示されたのである。その「ヒロソヒの講義」の草稿の断片が遺されていて、読む事が出来るが、読んでいると、講義者の心の躍動が伝わって来る。

「諸君子辱くも僕《やつがれ》が講義を聴聞せらるゝとあるに、喜しくもはた恥しくも」と彼はいう。いかにも、彼には、哲学にめぐり会った己れの心事を語らずに、哲学講義は出来なかっただろう。「ヒロソヒの講義」が、新知識の単なる分配であった筈がない。人間とは何かという問題を、新しく考え直さねばならぬ事態に、自分は、はからずもたち至った、そういう事であっただろう。だからこそ、彼は、「人間第一のヒロソヒの講義などは、彼の虻に泰山を背負すといふもの」であるとか、「千里の足も頃《き》歩《ほ》に始る理《こと》り《わ》にて、隣へ参るも思ひ立たねば行かれぬなり」とか、くどくど言わねばならなかったのである。

扨て、彼の言うところを、もう少し聞いてみよう。「ピタゴラスという賢人始めて此ヒロソヒという語を用ひしより創まりて、語の意は賢きことをすき好むといふことなりと聞えたり。此人と同時にソコラテスといへる賢人ありて、また此語を継ぎ用ひけるが、此頃此学をなせる賢者たちは、自らソヒストと名のりけり。語の意は賢哲といふことにて、いと誇りたる称なりしかば、彼のソコラテスは謙遜して、ヒロソフルと名のりけるとぞ。語の意は賢徳を愛する人といふことにて、所謂希賢の意と均しかるべしとおもはる。此ヒロソフルこそ希哲学の開基とも謂べき大人にて、彼邦にては吾孔夫子と並べ称する程なり」

これで明らかなように、西周は、ヒロソヒとは、これを日本語に、はっきりと直訳すれば、希哲学となるというのだ。ヒロソヒと聞けば、諸君の心底では、諸君がよく知っている「士は賢ヲ希《コイネガ》フ」という言葉が、打てば響くが如く応ずるであろう、と言うのである。言い代えれば、「ヒロソヒ」から、何も新知識や新解釈が貰えるのではない。心構えを新たにせよと要求されるのである。そこに、「ヒロソヒ」に出会った彼の精神の弾力があり、それが講義案によく感じられるところが面白いのである。

鷗外の「西周伝」によると、西周は、青年時代、徂徠によって、学問上の開眼を得たようである。或る時、病気をして寝込んでいて、本を読みたいと思ったが、寝そべっていては、聖賢之書を読むわけにはいかない。仕方がないから、「徂徠集」という「異端之書」を読んでいて、翻然として悟るところがあった。

漢宋の間の大きな隔りが、自ら見えて来て、大いに心が躍り、あたかも「蓮花座上ニ在ルガ如キ」想いがした、と言う。「始メテ厳毅窄迫《サクハク》ハ平易寛大ニ如《シ》カズ、空理ハ日用ニ無益ナルヲ知」って「十七年之大夢、一旦ニシテ醒覚」したと書いている。一と口に儒学の伝統と言っても、面倒なものだと思う。伝統の流れは、習慣の流れに添うて流れるものではないとも考られるからだ。伝統は、自然に在るのではない。発見する者の意識にしか無い。現在は自己を全的に知ろうと努める人の意識にしか蘇りはしない。そんな風にも考えられるからである。「聖賢之書」の思想が、「之ヲ臥シテ看ル可カラズ」の裡に硬直していた歴史は長く、これに比べれば、仁斎や徂徠による儒学に於ける人間の発見の如きは、鋭く強く光った閃光の如きものであったであろうか。

西周のこの開眼を、希哲学的な開眼と呼んでも、少しも差支えないだろう。ヒロソヒの新しい種は、希哲という自分の心の土壌に播かれたとは、彼には解り切った話であった。彼は、やがて希哲学の希を略して哲学と言うようになったが、心の土壌がある限り、彼には、別段仔細はなかったであろう。だが、言葉の方は、希が略されて、哲学という不具者になってさまよい出したという次第であった。誰もが哲学哲学と言うようになった頃には、哲を希う心は、一般に失われていたと見てよいのではないか。哲学とは、ただ何となく豪そうな言葉になった。やがて、これを侮蔑する人々は、唯物論哲学という豪そうな言葉を口にするようになった。要するに、何時の間にか、哲学から人間が紛失して了ったらしい。ソクラテスという「希哲学の開基」は、「吾が孔子」に比すべき大人であるという西周の言葉の雑駁を言うより、彼の精神のうちで、両者は、恐らく極く自然に結び付いた事を想う方が有益ではなかろうか。

仁斎の学問の新しさは、孔子という人間を見出したというところが根本だったのだが、それにも関わらずその系統の学問が、異端の学と呼ばれるに至ったについては、無論、それだけの理由があったのである。仁斎の孔子という人間の摑み方には、これまで誰もしなかった、全くオリジナルなものがあり、それが為に、彼の学問は、単に新しい見地に立った新説新解釈という普通の姿が取れず、当時承認されている学問などは、てんで学問とは言えぬ、と断ずるに至った。正統派を異端派と考えるに至ったから、自ら異端派の汚名を被ったわけだ。この決断に、徂徠は、仁斎の「豪傑」を見たので、徂徠は、この道を徹底して歩き、その点で師を抜いた。

仁斎に言わせれば、学問の道は、「学ンデ知ル」ところにはなく、自ら、「思ツテ得ル」ところにあった。これは、私学の祖、藤樹の初心であり、学問が普及するようになって、初心を忘れない豪傑は、仁斎唯一人と徂徠は考えたのであるが、この初心に関する精しい反省が、異端の道を開くに至ったと言っていい。一体、学んで知ることが出来ないような学問は、学問とは言えない道理であり、程朱の学が、正統派と目されていたのも、学んで知る事が出来るように出来ていたからだ。世界の原理から説き起して、これを、生活の準則に及ぼすという、整備された組織を持っていたからである。これを、根底から疑うような豪傑の道は、当然、普通の意味では、学問の態を成さぬのであり、正統派の牙城を陥れるなどとは思いもよらなかった。そこに彼等の思想の一番面白い性質があるので、それは学習に適さなかった代りに、習慣化し硬直する気遣いもなかったから、自得と発見とを待って蘇る伝統の力となったように思われる。

仁斎の「思ツテ得ル」の思うとは疑うという意味である。彼の学問の方法を言うなら、「積疑」というのがその根本の方法であった。学問では、疑いを積み、問いを重ねるのが大事であって、理解や明答に別して奇特があるものではない、という考えであったから、彼には何んでもわかったとする賢者というものが一番油断のならぬ人種となった。そこで、愚者の迷いは、浅いから心配しないが、千里の外に迷っている世の賢知者の為に、深く懼《おそ》れる、という反語となる。これが、単なる反語なら面白くもないのだが、これは、彼の積疑の結実なのであり、彼の学問の命なのであり、彼の言う「実徳」の現実の性質から発する反語なのであった。

「道徳一分衰フルトキハ議論一分高シ、道徳二分衰フルトキハ議論二分高シ」と彼は言う。これも、私達が道徳は議論になく実行にある、と普通に考えるような意味合いに止まるものではなかったので、彼には、凡そ学問とは道徳学の事であり、道徳とは真理の事であり、突き詰めて、真理を知ろうとすると、そういう不思議な事になるというはっきりした自覚を、彼は持っていた。思って得るところが、果して学んで知る形式を取り得るかどうかという根本の問題をよく知っていた。この悩みを知らぬ者達と呼ぶ事が、彼の正統学派に対する基本的な態度であった。何も自分は勝手な臆説を述べるのではない、誰もが研究している古典を、一層注意深く吟味するなら、孔子という人間には、そういう根本の悩みがあって、そこから物を言っている事が明らかである、と彼は信じた。

仁斎の慎重な古典の吟味には、今日言う原典批判の精神に通ずるものがあるとしても、それはそういう事もあろうかというだけの話であって、彼の学問の精神には触れはしないだろう。原典批判とは、彼には、彼の言っている通り、「沙《スナ》ヲ淘《コ》シテ金を拾フ」仕事であった。孔子という金の何んたるかは、積疑の裡に直知されていたのである。金を得る為に、古典から、「広ク取リ、精シク択バ」うとしたのは当り前な話であった。その金が今日では既に古くさくなったから、仁斎の古学やこれを受けた徂徠の古文辞学の方法の方に、実証の精神を見付けて感心して置くという事では、沙を淘して小石でも拾うようなものだろう。仁斎は、孔子を、「最上至極宇宙第一聖人」と言い、論語を、「最上至極宇宙第一書」と言った。仁斎のような進歩的な聡明な学者にして猶この言があるのは、いかに、孔子は聖人、論語は聖書と考える風習が抜き難いものであったかを語る、と書いている学者もあるが、そのように言っては、生きた学者を殺すようなものである。仁斎の大袈裟な賛辞には、大袈裟に言わねばならぬ当人の心持ちがある。この心持ちを奪われたら自分の学問は無意味になるというそういう心持ちがある。それは「童子問」を熟読すれば、誰にもわかる事だ。彼は、「論語」の「平易近情、意味親切」に驚嘆し得た最初の学者である。驚嘆するには、長年の積疑を必要としたのを想えば、「論語」をいくら賞めても賞め足りない心持ちが、彼にはあった。

何故、「平易平生」なるものが、「広大深甚」なるものであるか、知り易いと見えるものが、実は知り難く、行い易いと思えるものが、実は最も行い難いのか、この間の消息を説き明かしたいというのが、仁斎の学問の根本である。彼は、「童子問」でいろいろな角度から問いを設けて、この問題を説明しようとしているが、これは難かしい。説明は、彼が「論語之極致」とする中庸という言葉に行き着くのだが、孔子は、中庸を反語的にしか説かなかった。「天下国家モ均シクス可シ、爵禄モ辞ス可シ、白刃モ踏ムベシ、中庸ハ能クス可カラザルナリ」、中庸とは平常の意味だ。仁斎は、学問の精神の自律、自発は平常心の工夫の中だけにあるという難題と取組んでいたと考えてよい。この難題を擁していない正統派の学者は、彼には、「いと誇りたるソフィスト」と見えた。こういう言い方は乱暴であろうが、今日のように、哲学の諸流が錯交するうちにあって、哲学とは何かと問われ、西周の片言よりうまく言えるだろうか、と考えるのにも亦無理はなさそうである。儒学の諸流、仏説、神道の主張さえ「道ノ裂ケタルノミ」と徂徠は言った。古学も古文辞学も、考証学ではなかった。学問の意味の源流に触れたいと希う精神が取った形であった。源流に遡れば、相似た性質が、自ら現れて来る。儒学は、仁斎が現れて、初めて、「謙遜なるヒロソヒ」となったと言ってもよいだろう。乱暴な言い方をする序でだから言うが、仁斎も徂徠も程朱の学を痛烈に批判しながら、これを敵としなかったのは、単に寛大謙遜の美徳によったのではなく、彼等の学問の本質には、世上、知と言われ、学と言われるものに対して、ソクラテスの「アイロニイ」に通ずる要素があったが為であろう。

「大勇アリ大義アリテ、韜晦《トウカイ》含蔵シテ、形跡ヲ露ハサザルモノニアラザレバ、与《トモ》ニ君子ノ域ニ入ルニ足ラズ、是レヲ学問ノ準的トナス」と仁斎は言っている。謙遜の美徳などを語っているのではない。平常心を、言わば深化し純化して、平常心を越えた大義という最後のものを摑むほかはないのだが、摑まれた大義は、平常心のうちに韜晦含蔵されねばならぬ、学問の準的が、そんな意味合いだとなれば、学問は学者の人格と深く関係して来るのは当然である。学問は、「明白端的、十字街頭ニ在ツテ、白日事ヲ作《ナ》スガ若《ゴト》キ」ものでなくてはならぬとする彼の説は、強い説得力を持ち、多くの共鳴者を集めたが、其処にはどうもうまく行かないところがあった。当人に死なれて了えば困るという性質があった。彼は日用の学を、実学を、実徳を説いて止まなかったが、彼の説くところを、「思ツテ得ル」者にとっては、説くところが直ちに反語なる所以のものが含蔵されていた。彼の学問は、今日使われている意味での、実用主義も経験主義もないので、彼がひたすら伝えたかったのは、精神の高貴性にあったのだが、これを明白端的に説く術はなかった。

その点で、彼は、孔子の研究家とは言えない。むしろ深い意味での孔子の模倣者なのである。彼は孔子の思想を正しく説明したのではない。むしろ、孔子という原譜を正しく弾いた人である。彼は、原典に飽くまでも忠実たらんとした。だが、彼が、これに接して、「傅会ス可カラズ、穿鑿ス可カラズ、仮借ス可カラズ、遷就ス可カラズ」と言うのには、今日言う客観的な態度とは、似て甚だ非なる意味があった。古典に接するには、「大蒜子《タイサンシ》ヲ剉《サ》キテ、コレヲ銀盤子ノ内ニ置クガ若キヲ要スル」と言うのだ。そうすれば、「潔潔浄浄、渾身透明」となるであろう。「臭物ヲ蓋蔵スルガ若キヲ要セズ」とするのである。求められているものは証明ではなく、むしろ信である。

仁斎は、好んで、「血脈」という言葉を使ったが、徂徠が受けたのは、そういう彼の血脈である。彼は、仁斎の人間の学を、社会性、歴史性の考えの導入によって拡大し、彼は彼で独創的な考えを展開するに至ったが、血脈は争うことが出来ない。徂徠にあっては、言わば、学問上のダイモンは、仁斎より一層深く秘められたように思われる。

丸山真男氏の、「日本政治思想史研究」はよく知られた本で、社会的イデオロギイの構造の歴史的推移として、朱子学の合理主義が、古学古文辞学の非合理主義へ転じて行く必然性がよく語られている。仁斎や徂徠の学問が、思想の形の解体過程として扱われている仕事の性質上、氏の論述は、ディアレクティックというよりむしろアナリティックな性質の勝ったものであり、その限り曖昧はなく、特に徂徠に関して、私は、いろいろ教えられる点があったが、私としては、ただ徂徠という人の懐にもっと入り込む道もあるかと考えている。

仁斎の「人ノ外ニ道ナク、道ノ外ニ人ナシ」の人とは、勿論、孔子の事である。自分が原典から直知したところによれば、孔子は、そう言いながら生きた人物であることは明白端的な事だと言うのだ。彼は、天も鬼神も死も語らなかった。「未ダ生ヲ知ラズ」と努力した人であった。「論語」には、それだけの事がはっきり書かれ、その外に余計な事が書かれていないのなら、それを、男らしく信ずるがよいので、いったん信ずると決心した以上、学問には外に仔細はない筈である、と言うのが、仁斎学の基本であった。彼が朱子学に反対したのは、この道学には、孔子のそういう姿が埋没して了っていると見たからで、朱子学の合理主義に反対したという言い方は、今日の、合理主義という言葉の浅薄な使用を思えば、却って曖昧になる懼れがある。この言葉を使うのなら、彼は、朱子学の合理主義が反省を欠いている事を看破したと言った方がいい。反省を止めた合理主義は、思想として薄弱である。彼は、これを、「大悟ノ下ニ奇特ナシ」と言った。朱子学は大悟している。孔子という反省する人、考える人を失った観念で充たされている。彼は、大義大勇は、非合理的なものと考えたのではない。大義大勇も、これについて考えを止めぬ人がなければ、停滞自足して、死ぬと考えたのである。「徳ハ窮リナイモノ」であるから、窮りなく考えるを要する。出来上った徳が貰えるものではない。考え直すから、思って新たに得るから徳は在るので、でなければ、徳というようなものは世の中にはない。仁斎の考えによれば、孔子が好学という事をしきりに強調した真義も其処にある。「性ノ善、恃《タノ》ムベカラズ」とする。

先きに、仁斎を、儒学での「ヒロソヒ」の開基と呼んでもよかろう、と、言ったのは、その意味だ。「士ハ賢ヲ希フ」というのは、宋学の方の言葉で、希賢はむしろ窮理の意味だが、仁斎の好学は、もっと純粋な意味での、孔子が敢えて好色に比した好学であった。従って、彼の学には、反知の主張は少しもない。必要としていない。知の力は、孔子が一と言で言っているように、「知ラザルヲ知ラズトスル」にある。

この権限を越えれば知は無力化して腐る。仁斎は、朱子学という「器中」に、その「臭物」を見た。だが、大悟した人を、どうして論破し得よう。だから、彼は論破しなかった。彼は、ただ、この大蒜子が剖かれて、孔子の好学という銀盤子の内に置かれる事を想った。

徳は、常に考えられていなければならない。これを欲し、これを生もうと、常に考えられていなければならない。これが孔子の学問の道ならば、確かに「道ノ外ニ人ナク、人ノ外ニ道ナシ」であり、学問は、何も、「羽者ノ翔」を、「鱗者ノ潜」を求めているのではない。「人ヲ以テ、人ノ道ヲ行ク」のに、「知リ難ク、行ヒ難キ」ことは何もない。在ってはならない議論の難解などが、勿論、問題ではない。困難があるとすれば、それは、努力や愛や信の側にあり、その意識的な摑み方にある。好学の活動自体は、信の対象たる他はないのだし、その限り、それは、「人有ルト人無キトヲ待タズ、本来自有ノ物」と考えざるを得ないが、これを、現実化しようとするなら、積疑の努力による他はない。

そういう考えが、仁斎の古学の血脈であり、これを心に入れて置かないと、徂徠の古文辞学のまことに興味ある発展が理解しにくいと思われる。

（文藝春秋　昭和三十八年一月）

天命を知るとは

徂徠は、「天命を知る」という有名な言葉について、独特な考えを持っていた。徳川期を通じて、彼のような考えを持った儒者は他にいなかったし、今になっても、充分に興味ある考えだ、と私には思われる。

こんな言葉の意味を、知力を尽して詮索するのが学問であったとは、今日の通念からすれば、余程おかしな事であるが、私達は、今日も猶、この言葉を使っているのだし、古ぼけた言葉だからと言って、使わないわけにもいかないのである。未だ人生の入口に立った人々とか、新思想の商売人達とかは別としても、実人生の味いを知った人々なら、誰でも出合う或る種の切実な経験の底には、この言葉が、じっと坐っているのを、よく知っている。その意味は、無学者達の味読にまかせられて、学術は、もはやこれに触れない、という事になった。そのいい悪いを言うのではない。ここで、私が考えているのは、言葉は古びても、その言葉の生れて来た経験という基盤は、古びようがない、という問題だ。

言葉は、歴史社会の伝統の棲家なのであるから、誰も、でたらめに使えやしない。「天命を知る」という言葉に、各自が、どんな色彩をほどこそうと、言わば、言葉のデッサンは与えられている。例えば、漱石は、このデッサンに、「則天去私」と彩色したようなものだ。「天命を知る」と聞いただけで、或は口にしただけで、私達の心は、もう或る感じを持つであろう。言わば一定の方位を、或る体制を、取るであろう。

徳川三百年を通じての出版物のベスト・セラーは、と聞かれれば、それは「四書集註」だと答えざるを得まい。凡そ本というものが在るところには、武士の家にも、町人の家にも、必ずこの本は在った。広く買われ、読まれた点では、小説類も遠くこれに及ばない。そういう意味の言葉を、いつか吉川幸次郎氏の著書で読んで、成るほどと思った事がある。言われてみれば、当り前な話なのだが、私達は、自分達の文学を語り、思想を談じながら、ついうっかりしているというところもある。歴史を言いながら、知らぬ間に、現代という人工的な歴史的孤島を案じ出しているという事もあるのだ。

「集註」によれば、天命とは天理の事だ、事物の当《まさ》に然るべき所以のものを指す。

窮理の道を進めば、必然でもあり当為でもある人生の根本原理に達する筈であり、もし、人欲という惑いを究尽すれば、誰でも、各自の天与の性のうちに、この原理が内在するのを知るであろう。そんな風に言われて了えば、誰にも文句の付けようがない。このよく整備された思想に、批判の余地があるなら、何故の整備かと問うより他はない。仁斎は、その事にはっきり気付いた最初の思想家である。

仁斎は、朱子学の言う天命、必然と当為との、言葉による巧みな組合せに、本質的な曖昧がある事を看破して、天命の定義をさっぱりと棄てた。孔子は、天も性も語らなかったではないか、当然な事である、と考えた。「天命を知る」という命題の重点は「天命」にはない、「知る」にある、と考えた。天とは如何なる理のものかの説明を知るという事なら、何も君子を待つまでもない、誰にも出来る事だ。知るという言葉を浅薄に解してはならない。知るとは処生の経験を重ねる事である。君子は、知る工夫を重ねて、「天命を知る」に到った。従って、「天命を知る」という意味は、端的に言えば、「死生存亡窮通栄辱ノ際ニ処シテ」「一毫モ心ヲ動カス無キ」境地だという事になる。そのような境地を希う希わぬ、信ずる信じないは別としても、「天命を知る」という言葉は、大体、そのような意味合いのものと、今日の常識も解しているであろう。

徂徠は、そういう考え方を頭から否定した。「仁斎先生得意之言也」と笑った。仁斎の説くところは聡明であるが、宋学の余習を脱していない。なるほど、孔子の「五十ニシテ天命ヲ知ル」という言葉から、天の理とは何かと考えるのは愚かであり、これを孔子という人間の或る経験の表現と解するのは正しいであろうが、それが、泰然坦然たる心境であるとか、惑わず、安んじた境地であるとかと説くのは、全く徒らな言である。孔子が官位を喪い、魯を去って衛に至ったのは、五十幾つかの時であったが、或る人、孔子に見《まみ》えて、その名利に心を動かさず、天命に安んずる様子に感嘆したという話を「論語」は記しているが、何故、学者達は、そんな詰らぬ記述を「天命を知る」の解釈に援用したがるか。それは「己ノ心ヲ以テ、聖人ヲ窺ハン」とするからだ。名利を以って、心を動かさず、などと言ってみたところで、聖人の心を尽すに足りない。「陋ナル哉、僭ナル哉」と徂徠は言う。これを、現代風に言うなら、そんな解釈は、高が、よく出来た心理小説だ、と徂徠は、苦り切って言ったのである。

ここに徂徠の独創性が現れるのだが、彼の考えによれば、孔子の思想は、古文献に徴した限り、宗教でもなければ、哲学でもない、のみならず、彼には、どんな学説も発明した形跡はない、ひたすら、民を安んずるという現実的な具体的な「先王之道」を説いて止まなかった人である。それに、もう一つ大事な事は、この人が、そういう道を説くという使命感を自覚していたのを、歴史は証しているという事だ。これが、徂徠の思想に一貫した聖人の定義である。従って「五十ニシテ天命ヲ知ル」という彼の言葉は、五十という年齢にこだわる要はないが、彼が、天から、先王の道を説けというはっきりした絶対的な命令を受けている、と悟るに至った、そう率直に受取るのが一番正しい。その他の尤もらしい解釈は、凡てこちら側の任意な空想である、とした。この徂徠の考えは、今日になっても、熟考してみる価値があるように思われる。

孔子は「下学シテ上達ス、我ヲ知ル者ハ、其レ天カ」と言ったが、徂徠は、これを、次のように解した。自分は、身近かなものから学問を始めたが、やがて高度な複雑な研究に進んだ。この学問上の意識的な努力の極まるところ、学者の「任」という考えに到達した。だが、この考えは何処からともなく自分に現れたのであって、自分の意志や理性の産物ではない。天が、自分に、「道ヲ伝フルノ任」を命じたとしか考えられなかった。「我ヲ知ル者ハ、其レ天カ」とは、自分の偽りのない経験である。何故、こんな正直な告白に対して、人は正直になれないのであるか。これは、孔子の直接な心的経験の事実そのままの記述であって、或る解釈で代置出来るという様なものではない。孔子は、天に知られたと言ったので、天を知ったという言葉を何処にも洩してはいない事に注目せよ、と徂徠は言う。

これは、徂徠にとって、決して言葉の遊戯ではなかった。この二つの言い方は、全く異った二つの精神、二つの心の持ち方或は処世態度から生れている、と徂徠は見ていた。人が理想を捕えるのか、それとも理想が人を捕えるのかとは、空漠たる問題ではない。それは、現実生活の深い領域に、根を下している、と見た。生活的知恵に関する問題の精髄が、其処にあると考えたのである。

何故、孔子の説いた理想が、あれほど大きな影響力を持つ事が出来たか。それは、彼の思付きや工夫や判断や選択によって得られた理想ではなかったからだ。意識して自力で得た理想なら、他人から壊されるのを待たず、自分でも壊し得たであろうが、孔子は、理想に襲われた。下学して上達した彼の意識を見舞った理想は、独り歩きする、動かし難い事実の姿で、彼に経験されていた。これは曖昧な事か。曖昧にするのは、「己ノ心」に好都合な理想を思い付こうとばかりしている諸君の陋《いや》しい「己ノ心」だ、と徂徠は繰返し言う。ここに徂徠の思想の根幹があるので、彼の事実の尊重、歴史の重視の思想も、これに密着している。

程子に、「天地、心無クシテ化スルアリ」という有名な言があって、世人はこれを信用しているが、そんな馬鹿な事はない、と徂徠は言う。それは後世の解であって、昔の人達にとって、天の心有るは自明な事であった。「易」を読んでも明らかな事だし、無論、孔子にしてみても、彼が天を言うどの言葉をとってみても、彼は天と語り合っているのであり、天に心が無いとしたら、意味を成さぬ言葉になる。ただ、天の心と人の心とはその「倫」を異にするだけだ。例えば、人と禽獣とは倫を同じくするものではないから、人の心を以って、禽獣の心を視る事は出来ないが、それは禽獣に心が無いという理由にはならないのである。

それは、恐らく、孔子には実によく解っていた事である。仁斎先生は、聡明であるから、心有りと視る天と心無しと視る天とを区別する調停案を出しているが、天に関して有心無心の問題を提出するというその事の根拠は何処にあるかについてまだ考えが足りぬ。このような問題は、もし、「天ハ得テ測ル可カラズ」という事が、本当に納得出来たら起りようがないのだ。

徂徠の考えを、私なりに解して、敷衍《ふえん》して言うのだが、徂徠は、この場合、天の不可知が主張したかったのではない。彼は、彼の言う「心法理窟」の説に取りまかれていたから、そういう言い方を必要とした。彼が、孟子を論じて、孟子の言うところは、論敵を意識した「時を救ふの論」であるから、言葉通りに取ってはならぬと言ったのと同じ事で、言葉通りに取ってはなるまい。徂徠の考え方からすれば、不可知論というようなものは、学問の道には不要なものだ。聖人の道からすれば、単なる空想に過ぎぬ。

恐らく、徂徠は、それで解るという人に対しては、天は可知でも不可知でもない、と言って済したかったであろう。生とは、徂徠の考えでは、孔子が或る時は「生ニ事《ツカ》フ」と言ったり、或る時は「生ヲ知ラズ」と言ったりしている、あの生の事だ。生は、私達の持ち物ではない。私達が生に依存しているのだ。それが、孔子の「敬天」である。徂徠にとって、学問の対象は、これを極めて行けば、そういう人間生活の動かせぬ基本的な事実に行着くのであり、その先きを考えれば、「実」を失って「名」を得るばかりだと考えた。大事なのは、天地の原理とか、人間の規範とかいう「名」ではなく、天地の間に暮らさざるを得ないようになっている人間の基本の「実」である。而も、この暮しは一人では出来ぬ。「盗賊ト雖モ必ズ党類アリ」だし、又、「世ハ言ヲ載セテ遷ル」のである。そうなると、徂徠の学問は、今日の言葉で言えば、歴史的社会的人間の研究に極まるという事になりそうだが、学問の動機が異るから、そのままそういう事にはならない。徂徠の言う「実」とか「事実」とかいう言葉の意味は、当然の事ながら、今日の考えられている学問的事実の意味とは違う。これは、大変微妙な問題で、言葉の曖昧は致し方がないが、徂徠が、「事実」を言う時に考えていたのは、飽くまでも生活される事実、体験される事実であって、今日言われる客観的事実の意味は這入って来ないという点が先ず大事な事である。

徂徠に言わせれば、「天地も活物、人も活物」なのであり、「天地と人との出合候上、人と人との出合候上」の「無尽の変動」が窮極の「実」であり、これを、人の側からばかり解決しようとするから「心法」という名に堕し、天地の側からのみ説明しようとするから「理窟」という名に堕するのである。学問の要は、この「出合」という経験的事実の在るがままの姿の徹底的な容認にある。

心法理窟之説の助けを借りて、この経験の現実性から逃れる事など思いもよらぬ、と徂徠は見た。この場合、徂徠が考えている経験的事実とは、概念的な規定を脱する性質を持っているという理由で、ただそれだけの理由で、非合理的事実と呼んでいいものであり、その限り、普通、私達が解している経験科学が指す経験的事実とは異るのだが、この事は、無論、徂徠の考えの未熟を語りはしない。考え方が相違するのだ。経験科学の言う経験的事実とは、外的なものにせよ、内的なものにせよ、これを合理的に諸要素に分解する事も可能だし、逆にこれらの合成も可能だ、という仮定なくては意味を成しはしない。だが、一方、普通体験と呼ばれている全的な生きた経験があり、これは、私達の直観にしか与えられておらず、分析的には、これは捕えられない。そういう形式の経験事実がある事は、今も昔も変りはないからである。

徂徠は、無論、直観とか分析とかいう言葉を使っていないが、その本質的な区別は、はっきり考えられていた。理性は分析的に働く。それを、彼は、「理ハ繊細ナルモノ也」と言う。「銖《シュ》々シテ之ヲ求メ、鈞《キン》ニ至レバ差《タガ》ヒ、寸々シテ之ヲ求メ、丈ニ至レバ差フ」、そういうものだと言う。「細ヲ合シテ大ヲ成ス」という事は、宋儒は出来ると思い込んでいるが、実は決して出来ぬ事だ。「見ルトコロ大ナレバ、小ヲ遺サズ」という事はあるが、その逆は出来る事ではない、と彼は考えていた。大を見るという言葉が、事実の直知を意味するのは言う迄もない。

そういう次第で、徂徠が事実を言う時に考えられていたのは、人生の基本的事実というよりむしろ人生の基本的な事実経験だったと言った方がよい。経験主義は、彼の学問の方法であったと言うより、彼の学問の目的であったと言った方がよいのだ。人と天地と或は人と人とは直接に接触している。天地をどう解釈するか、人間をどう理解するかは、この原経験の裂けた第二次的な経験に属する。彼が、「物」

という言葉を使う場合も、必ず物との接触を意味する。徂徠に、孔子という人間像が描き出されるのも、其処からだ。孔子は、学説の発明の為に経験を利用した人ではない。経験の本来の姿の発見者、経験主義の傑作と徂徠には映じていた。天地と人との、人と人との「出合」、「理」の介在しない、言わば事実経験の開始の尊重が、孔子の一生を貫き、「一以テ之ヲ貫ク」というその自覚を、彼は、繰返し語った。「道」とはそれだ。各人千差万別の「出合」の総括的な表現が、「道」という象徴的な名で呼ばれても、少しも差支えないわけだ。「出合」という反省を欠いた個々の生が、一挙に反省したと考えてみよ。個々の自然的生が、精神の照明を受けて、その間に脈絡が付いたと考えてみよ。生の意味は、自ら現れるだろう。そういう風に、「道」は、孔子によって、発展的な統一体として捕えられている、と徂徠は考えた。従って、それは、決して固定した原理でも規範でもない。徂徠が、「道」とは「統名」であると執拗に説いた所以である。統名であるから、小人之道、戎狄《ジユウテキ》之道から、天之道、地之道に至るまで、何にでも道という言葉が使えるが、ただ使えるというだけの話だ。元はと言えば、道は統名であるという生の全的体験の聖人の自覚から、道という言葉を借りているに過ぎぬ事に、学者達は気付かない。学問の努力は、聖人に起ったこの精神の目覚めに、専ら集中さるべきものだ。

話を元にもどそう。孔子は、「道」の自覚に、自力で到ったのではない、天の命ずる声を聞いたのだ、と明言した。これは、決して比喩的な表現ではない、孔子の語る心的経験の現実性は、議論などで抹殺出来るものではない、と徂徠は考えた。現代の私達は、これをどう考えるであろうか。徂徠の考えは未熟であろうか。

私達は、天という言葉を、世界という言葉に変えて了った時代に生きている。今日の学問は、徂徠の反対した「天地、心無クシテ化スルアリ」の考えの実証による厳密化に専念しているとも言える。勿論、心理学も、この傾向に随伴した。心的現象と言っても、実は心無くして化する自然過程なのである。ことに心理学の最近の発達により、意識も、無意識の大海の表面に立つ波の如きものに過ぎないという事になった。意識とその基盤にある広大な暗い心とは異る。意識は心の必須条件ではない。そういう考えに到達した。これは、心理学の大きな革新であり、又、危機でもあるのだが、その意味は、一般には少しも反省されていない。私達は、ただリビドとかコンプレックスとかいう言葉を、意味もわからず使うようになっただけの話だ。

それで、どういう事になったかというと、無論、ろくな事にはならない。心は自分の自由になる持ち物ではない。自我とは心という危険な海に漂う小舟だ。微量の毒物が肉体を殺すように、知らぬ間に意識の面に浮んで来た一片の観念も、心的生活を荒廃させるに足りる。これに対して、意志も理性も無力である。それは、何も神経病者に限った事実ではない。そういう心理学上の発見を、一つの革新的な精神として真面目に受取るなら、内的経験というものに対して、いよいよ真面目に慎重になるのが当り前であろう。だが、そうならなかった。逆に、内的経験の軽視、或は侮蔑の傾向を生んでいる。この一見奇妙な現象は、やはり、心理学の革新が、或る意味で、心理学の危機でもあるという事情に見合っていると思われる。

フロイトの学説が、あれほど大きな影響力を持ったという事は、彼の難解な複雑な理論が、理解されたというより、彼の一撃によって、私達の精神生活が解体したと考える方が、一般には容易であったというところにあった。彼の著作について、私が理解した限り、そう思われる。

意識が纏った、理想とか美徳とかいう仮面が発《あば》かれ、ことごとく暗い、怪しげな衝動に還元された。以来、心理学は、フロイトの極端な原理の修正に忙しい様子だが、彼によって、いったん方位を定められた道を逆行するというわけにはいかないようだ。個人が社会に取巻かれているように、意識は、無意識という環境のうちに在る。社会学は、早くから、思想の構造を、社会環境という外的条件によって説明しようと試みていたが、舞台は変った。意識が、眼に見えぬ無意識という心的エネルギイに条件付けられたものなら、眼に見えぬという理由にならぬ理由で、神聖視されていたような精神的価値など、もう何処に住んでいいか解らぬ。この言わば、心理学による精神の不在証明は、なるほどその実証的方法とは少しも矛盾しないであろうし、その極端な傾向で、心理学は、その応用の範囲を拡げる事は出来るだろうが、本質的には或る限界点に達しているのではあるまいかと疑う事は出来るだろう。明らかな事は、この心理学の性格が、現代的教養の著しい特徴をなす不安定な心理主義に、はっきり映じている事だ。

分析的心理学は、心理実験の帰結として、意識の母胎たる無意識の存在を仮定せざるを得なかったのだが、この母胎の状態は、意識過程との接触としてしか捕えられはしない。これは、在来の意識心理学が知らなかった非常な困難、或はパラドックスと言ってもよいものであろう。無意識過程を、合理的意識過程によって、再構成しなければならぬ心理学者の困難な努力が、無意識過程の合法則性に関する仮説を幾つも幾つも生み出すのは止むを得ない事であろう。だが、これが、一般教養人の心理主義に反映すると、ただ内的経験の徹底的外部化という無責任な自負となる。心理生活に於ける意識の特権は幻影であるという事では、意識の値打ちは、ひどく下落したわけだが、幸いに、その合理的な根拠に関しては、充分な知識を持っている。これでは、不安定な空虚な自負は生れようが、しっかりした自信が生れる筈もなかろう。「精神分析は、神経症を治療出来るだろうが、精神分析に通じた、教養人の、己れとの戯れというノイローゼを治療する事は出来まい」と私はかつて書いた事がある。

今日、心理学が、非常に専門化して、私達に容易に近付けないものになっている事は、他の諸科学と同様であるが、私は、かつて単なる一読者としてフロイトの著作に接した時、この非常に孤独だった天才の播いた種の意味は、彼が、そこから育成した諸原理の是非より、恐らく大事だと、痛感した事がある。

フロイトは、心理学を研究して、その進歩改良などを企てた人ではない。神経病という現に生きている謎の前に立ちつくした人だ。この異様な不安定な意識の発生や消滅が、心理とは意識ではなく、逆に意識とは心理の一部であるという普遍的な事を、彼は明言していた。のみならず、観察は、この精神的障碍を、身体的障碍から説明するのは絶望である事を語っていた。それだけの事なら、フロイトだけが気が付いた事ではなかったが、先入観を一切捨て、又、在来の心理学的方法で間に合わないのなら、これもはっきり捨て、ただ、心理という生き物の異様な生き方という事実に、忍耐強く堪えてみるという事は、誰にも出来る事ではなかったのである。フロイトは、それをやった人だ。患者の心を知るには、患者と直かに付合う他に道はない、それを実行した人だ。

患者の心理との最も直接な純粋な取引きは、患者との、第三者を交えぬ、出来るだけ親身な、互に信頼し合った会話より他にあるまい。人の心理を分析するとはその人と会話する事だ、ここに彼の心理学の天才的発想があった。従って、彼にとって、分析的方法とは、精神を出来るだけ間近かに見る事、精神には精神をもって近付く他に道はない、その近付き方を意味した。方法の意識化は、会話技術の熟練のうちに育つ他はなかった。なるほど、これは不確かな方法である。しかし、この道をただ暗中模索と決める何んの理由もないし、意識という精神の一角しか見えぬ場所まで後退して、方法の正確を誇って何になろう。

今日、精神分析という言葉は、専門家の間では、恐らく多義にわたったものであろうと推測しているが、この言葉の創始者の発想にさかのぼれば、生理学と心理学との安易な混同から心理学を救い出そうという、この人の決意に行きつくのである。心的なものと物的なものとは、その存在形式を全く異にする。両者の間には、単なる因果関係など存しない。これが与えられた事実である。

将来の研究が、心的なものの身体的基礎を明らかにするかも知れぬという予想は、言わば後を向いた予想であり、新しい一歩を踏み出すのを禁ずる何んの理由にもならない。そういう彼の決心に行きつくのだ。従って、精神分析学の本質は、彼の動機の側から見れば、徹底的に、心理学的な補助概念だけに頼って仕事をしようとする、言わば純粋心理学だったと言える。当然、ここでは、心理的問題は、倫理的問題に直結している。その点で、彼が在来の心理学を純粋化したとは、それを、広い意味で倫理化した事だと言っても差支えない。彼が使用した補助的な諸概念が、彼の仕事の発展とともに発展し、彼自身にも扱い難い重荷となったという事が、これを証している。彼の学説は、単に批判し、修正を要する学説ではない。彼自身が、その重みを一番よく知っていた、彼自身が背負い込んだ重荷である。心理学は、彼の初心について再考すべきところに来ているのではあるまいか。彼が、その厚い実証的方法の下に圧しかくして了った使命感を、彼は何処から得たか。「天」からというより他に言い方があるのか。これは、素人の素人くさい考えであろうか。

（文藝春秋　昭和三十八年三月）

歴　史

徂徠は、自分が、学問上、道と考えているものは、まことに定義し難く、定義しようと思うと間違って了う、そういうものだが、これが、「天地自然の道」でもなく「事物当行の理でもない」という事は、はっきり断言出来ると言っている。なるほど、日月星辰の運行、寒暑昼夜の往来、万物の資生と帰蔵、これを静かに観ずれば、「ソノ由ル所ノ者有ルニ似タリ」で、何か意味があるように思われて来るものだが、ただ、それだけの事だ。

自然に何か意味があるように考えざるを得ないのは、私達が、人生には何か意味があると考えていればこそだ。先ず、人間の生きる意味が問われ、道という言葉の発明があったから、自然に関しても、自然の道と「借リテ以テ言フノミ」である。学問で言う道という言葉は、人生経験という現実の内容によく照応した実名であるが、自然の道と使われる時には仮名となる。

「理ハ事物皆自然ニ之有ル」ものだから、「事物当行の理」という名は、自然の仮名ではあるまい。だが、理を推度するのは私達の心なのである。心は性によって異る。私達が、めいめい性を異にし、心を異にして生きているという、絶対的な事実に、理の世界は直面しているから、理の相対性、理の「定準ナキ」性質が現れるのは必至なのだ。「理ハ適《ユ》キテ在ラザルナキ者」だが、各人各様に、これを推度して生きる私達は、つまるところ誰も、「其ノ見ル所ヲ見、其ノ見ザル所ヲ見ズ」して暮している、と言える。道の問題は、この生活の実状の意味に関する問題なのであり、単に究理の問題ではない。

とは言え、聖人とは、理を廃した人ではない。究理という言葉にこだわるなら、聖人とは、「理之極」を立てた人とも言えるのだ。しかし、そういう議論は詰らぬ。大事は、聖人は、理を語らなかった、理は「之ヲ言フヲ俟《マ》タズ」としたところにある。「先王孔子ノ道ハ、義ヲ言ツテ、理ヲ言ハズ」で、これは、定準は、生の側にあると聖人が考えていた事を示す。ただ、生活の義を、生活の意味なり、価値なりを言って止まなかったのは、生の義が捕えられれば、理は自らこれに従うと考えられていたが為である。

このような次第で、自然と人間とは離す事は出来ないが、両者は、それぞれ、その「倫」を異にする、その秩序を異にするもので、両者を一丸となすが如き原理は空想に過ぎない。そういうはっきりした考えが、徂徠の思想にあった、両者は一丸とはならない、両者は、彼に言わせれば「出合ふ」のである。この「出合ひ」が、人間の生活経験の基本形式であり、これに、人と人との出会いが加わり、「無尽の変動」が出来するところに歴史がある。道の問題が、この出会いに集中するものなら、「学問は歴史に極まり候事に候」と彼が言うのは当然な事である。従って、彼の考えによれば、もし自然の道という名が仮名なら、自然の歴史という名も仮名に過ぎない。

彼の古文辞学の根底にあった、このはっきりした哲学的直観は、今日も猶興味ある問題であろう。今日、歴史とは何かという反省は、哲学者の問題であり、歴史家の関知するところではないと言っているような歴史家は、よほど鈍い或は怠慢な歴史家であろうし、反省が始れば、徂徠が徹底的に考え抜いたところを避けて通るわけにはいかないからである。

わかり切った事のようでいて、案外注意されていないように思われるのだが、近代の自然科学の大成功はその仕事から、先ず歴史という考えを、さっぱり取除いたところに基いていた。ニュートンが考えていた自然のシステムとは、言わば、時間は、システムの外側を流れ、その内部に立入りを禁止されている、本質的には何んの変化も起らぬ惰性系であった。人間であれ、自然であれ、その変化、発展の過程を考えずには、これを科学的に考える事が出来ないとする今日の常識から見て、ニュートンの考えはよほど不思議な考えのように思われるが、少し反省してみるなら、私達の現代風の常識は、この不思議な考えの正統な子供である事がわかって来るだろう。

ニュートンは、いったん世界が成立した後は、世界は力学の原理に従って運動しているが、世界をかくの如く成立させた力を、この原理自体から導く事は出来ない事をはっきり知っていた。この物質的とも非物質的とも決め兼ねる力を、彼は全知全能の神に帰した。一般相対性原理が、重力の原因を問う物理学的理論上の無意味を証して、或る意味で、ニュートンの世界像を完成したのは、二百余年の後である。これを思えば、近代自然科学の成功を保証したニュートンの考えが、いかに強固なものであったかについて感慨無きを得ない。感慨無きを得ないというような言葉を使うのも、これは、私のような科学の門外漢が、ニュートンの伝記を読む時に覚える人間的な興味に関連して来る事だからである。

ニュートンという人は、無論、今日私達の言う理学博士ではないので、実に広大な知識と洞察力とを持った、深く宗教的な人間であった。現代風の学問は、こんな簡単な事実も忘れ勝ちである。「プリンキピア」は、「考える人々を、神への信仰に導く為の原理」という、はっきりした目的で書かれたものだ。従って、彼にとって、一番重要な問題は、人生の意味であったと考えて少しも差支えない。歴史感情は、聖書とともに、彼の中心部に生きていたのである。この意味を完全に捕えるのには、人間を含めた世界の運命を語っている聖書という歴史の合理的理解は必須の条件である。だが、これは可能な事であろうか。可能であるかないかは、現に与えられている世界の合理的理解がどこまで行けるかを、先ず試してみなければならない。

研究の対象を、何んの仮説も含まぬ現に与えられている世界の物的構造に限定する為に、世界の歴史という仮説が慎重に避けられた。世界の歴史は、彼自身の抱いた価値観からすれば、最も貴重なものだったに相違ないなら、歴史の考えを、仕事から追放したについては、断乎たる決心があったと考えていいだろう。ここに、彼が成し遂げた大事業を思うとまことに驚くべきものに思われる彼の謙遜が現れる。彼が、自分の仕事を、真理の大海の波打際で、貝殻と戯れている子供のしぐさに比したのは有名であるが、彼の生涯は、知らざるを知らずとする為には、どれほどの知力が必要であったか、その典型のようなものであって、これについての一種の合点がなければ、彼の謙遜が有名になったところで、何んのたしにもなるまい。

ニュートンに続く時代は、彼の謙遜を放ったらかして、彼の成功だけを受けついだ時代であった。近代的な歴史記述が始った時代であったが、これは、ニュートンが、歴史を慎重に取除いた世界をモデルとして行われたのであり、科学は、その方向に、言わば、ニュートンの洞察を利用しながら、ニュートンの頑固を笑うという奇妙な方向に進歩した。科学史に、ライエルやダーウィンが現れるに至って、自然の法則は、又、歴史の法則でもあるという確信は学問にとって、少くとも実証を重んずる学問にとっては、動かせぬものになった。

ニュートンは、林檎が地上に落ち、月は地球に落ちない所以を考えたのだが、今日の私達の常識は、ニュートンも見ていたに違いない月のプロフィルが、地球の誕生に際して月が見せた表情と、恐らく殆ど変らぬものである事を知っている。ウラニウムは何年かかれば鉛に変ずるかを疑ってはいない。要するに、ダーウィン時代には未だ間接的にしか摑めなかった世界の生成過程の根拠を、今日の科学は、世界自体から直接に摑む事に成功したようである。世界の構造を築いている諸事実とは、世界の歴史に現れる諸事件に他ならぬという科学の主張を、誰も拒む事は出来ないようだ。

アインシュタインは、誰にも予想出来なかったような方法で、ニュートン的時間の、自然のシステムへの立入り禁止を解いた。時間は、もはや、抽象的な循環的なものではなくなり、現実に非可逆的な方向を持つに至った。自然科学は、ニュートンが捨てた歴史性を回復したように見えるが、これは果して、ニュートンの払った犠牲を償った事を語るだろうか。神学的歴史家としてのニュートンの魂が、雲散霧消して了った事を語るのだろうか。人間の歴史とは、地球の歴史の或る一時期に現れた一事件に過ぎないという安定した事実に比べて、太初《はじめ》に言葉ありとは、一般に考えられているように、そんなに不安定な独断的な思想であろうか。

自然を構成する究極の単元の説明にかかずらう今日の核物理学は、あらゆる素粒子はエネルギイから作られるし、又、エネルギイとなって消滅もする事を明らかにしている。この自然の一元性に関する行くところまで行った理論は、歴史について、私達に、何を明かすのだろうか。これは、もし歴史というものを、出来る限り基本的に、客観的に規定しようとすれば、粒子の無秩序な状態即ちエントロピイ増大という決定的な時間の矢になる事を語っている。歴史は、明らかに私達の主観の産物ではないと語られるのだが、私達には、この矢に歴史を読みとるどんな手だてもないのである。ニュートンの時間の循環が、時間の矢に変じたところで、ニュートンが捨てた歴史意識が、拾われたわけではない。物理学は、物理的時間を純化しただけだ。純粋な意味での物理的現象には、歴史というものはない、というニュートンの洞察力が、どこまでとどいていたかに、驚いてみてもいいのであって、この信心深い人は、聖書の年代を決定する為に、万有引力の法則を利用した時、太陽とか地球とか月とかいう手がかりが、全く人間的な手がかりである事を、恐らく、一方では、誰よりもはっきりと知っていたのではあるまいか。

生物進化の学説の革命性と影響力とは、この仕事が、言わば自然的時間と人間的時間との間の架橋工事であったところにある。この工事は、形式的によく整備されていたから、歴史の科学性を、充分に保証するように見えた。進化学説は、生命の何んたるかを理解するには、生物進化のメカニスムを追求すれば充分だとしたが、この考え方の重大な弱点は、人間は、進化のメカニスムを思い付く以前から、生命の何んたるかを直接に理解していたという事実を避けて通ったところにある。その事を、ベルグソンは、鋭く分析してみせた。「創造的進化」は、はやくから、わが国に紹介されたが、よく読まれたとは、私は思っていない。上わの空で読まれているうちに、メタフィジックと聞けば、横を向いた風潮のうちに埋没し去っただけだと思っている。この問題について熟慮された著作は、私の読書の範囲では、わが国で、沢瀉久敬氏の「医学概論」ぐらいなものである。優れた本だが、あまり読まれていないらしいのは残念である。それは兎も角として、この架橋工事が、歴史を考える上で、提供している問題も同じように考えられると思う。

私達の歴史に対する興味は、歴史の事実なり、歴史の事件なりのどうにもならぬ個性に結ばれている。ある事件が、時空の上で、判然と局限され、他のどんな事件とも交換が利かぬ、そういう風な過去の諸事件の展開が、現在の私達の心中に現前していなければ、私達の歴史的興味は、決して発生しない。何故であるか。誰も知らないのだ。歴史資料の高度の分析や整理には、なるほど専門的な学問も必要であろうが、歴史資料という言葉は学問が発明したのではない。この言葉は、何故だか知らないが、過去は過去のまま現在のうちに生きているという、心理的事実に根を下している。或る資料から、信長という人を理解する方法は、現に見聞している隣人の行動や話から、その人を直知する方法と、根底的には少しも変らない。一片の資料と現在の生活経験さえあれば、仮説も理論も介在させずに、過去の人間を生きかえらせる事が出来る。

進化学説は、この私達に生得の歴史感覚から出発する事は出来ないし、其処に到達する事も出来ないだろう。生物学者の化石という歴史資料は、例えば、歴史家のピラミッドという資料とは、まるで性質が異る。生物学者が、化石によって、過去の生命を直知するのは、歴史家が、ピラミッドによって、直接に過去の人間精神を知るのと同様であろうが、化石は、生物学者が、地殻の或る階層の或る部分に行く、言わば片道の切符のようなものだ。彼は、化石から、かつて生きていた様々な種を、直接に知る事は出来ようが、これらの種の連続的歴史は、或る理論なり法則なりを通じて再建してみねばならぬ。単に、化石が少いからではない。化石には、ピラミッドのように、他人の過去であるとともに私達の現在であるような性質がないからだ。

自然は、その歴史資料を、言わば偶然的にしか、私達に遺してはいないが、過去でもあり現在でもあるところの材料から、未来のために、絶えず歴史資料を創作しなければ生きて行けないのが、人間の本性であろう。私達は、確かに生物に違いないし、生物の歴史は、又、私達の歴史である筈だが、生物進化の歴史を荷い、その目方を感じ、従って、これを自発的に開発しようとは、誰も思わぬし、誰にも出来ない。動物種が生れ、栄え、消えて行くのは歴史だし、突然変異により、或は環境への適応により、或る種から新しい或る種が生れるのは歴史事件であろうが、両者は、少しも互に理解し合う事はない。進化学説の主題たる生命に、単に歴史という概念を付加したところで、この主題は、決して人間には変じないだろう。

この学説の力は、人間の歴史の特殊性を否認するように働いたが、人間の歴史は、追いつめられ、却って、自然の歴史に向って居直るような形になったと言っていい。様々な種を通じてたった一つの進化史が、強く主張されると、却って私達は、進化が止って了った動物界で、人間だけが、その全く特殊な延長線の上にあると考えざるを得ない。生物進化が、生物に、その個性に於いて、或はその遺伝性に於いて、驚くべき安定性を許しているその全く特殊な場合を考えざるを得ない。そして、そう考えざるを得ないという事は、人間が、その特殊性として、極めて明瞭な意識を、精神と呼んでいいものを、持っているという事を、いつの間にか考えている事に他ならないだろう。

人間という種は、何も歴史を持つのが目的で、地上に生活し始めたのではあるまい。だが、生活する事が、即ち道具を発明したり、記念碑を建てたりする事だったとすれば、歴史とは人間の本性の事だと言って少しも差支えないわけだ。これを別の言葉で言えば、太初に言葉あり、という事になるのではなかろうか。

自然科学によって構成された物理的世界は、次第に仮説的な過去へ向って延長され、その中に生物の歴史が組込まれるに至った。人間の地上に現れた時期が推定され、この時期に一致する人間の意識の出現が考えられた。常識はこれを否認しはしないが、又、生物学の言う下級生物の知覚器官の構造なり機能なりの進化による複雑化が、そのまま私達の意識であるとも考えてはいない。意識を意識でないものから導き出すというような事は誰にも出来はしない。だから、生物学は、原則上、意識自体を問題にはしない。人間に生物学的に問いかけ、人間から正しい生物学的な答えが得られれば、それでよいのである。しかし、歴史資料に基いて、私達が、有史以来と言う時に、私達は、歴史意識自体のうちにいるより他何処に居るだろうか。まさしく他の何処にも居はしない、という事を表現する為に、人間の本性とか人間性とかいう言葉を、私達は発明し、これを生き生きと使用しているのである。

生き生きと使用出来るというのも、これらの言葉の何物にも還元出来ぬオリジナリティにある。従って、これを信ずる限り、人間の知恵の出現は、突然であるより他はない。太初に言葉あり、という古言も、そのまま素直に容認して置くに越した事はない。素直に容認すればこそ、太初に或る分子構造があったという発想が、歴史的産物であることも亦素直に容認出来るのだ。逆の道はない。言葉というものの遺伝を禁止された私達の肉体は、生れる毎に、これに出会い、これを保存し、選択し、発明する努力を新たにしなければならない。

私達に自明な歴史感情は、私達が生命の観客でもあり、俳優でもあるところにしか育ちはしない。このように根底的な事実は、いつの時代にも言える事だ。従って、人間は、この感情の発するところ、歴史とは何かというような問題が存在しない前から、歴史を書いて来ただろうし、歴史の客観性というような問題を思い付く以前から、空想より、事実と信じられるものに興味を持ち、記述される事実は、未来の目的の為に選択され、配列されるより他はなかったであろう。

それは、感情というより、むしろ経験であり、知恵である。これは議論ではない。人間性が意味を荷っているというところから、直接に出て来る帰結である。読者は、私が、徂徠と同じような考え方をしている事に、既に気付かれたと思う。「学問は歴史に極まり候事に候」、何も故意に話を、そういう風に仕向けたわけではない。過去は現在に生きているという単純な理由に基くのである。

（文藝春秋　昭和三十八年五月）

常識について

常識というものについて考えているところを、特に、近頃いろいろと思うところを、お話しをしたいと思います。

先ず、これは誰でも気がついている事だろうが、常識という言葉は、日常、ずい分でたらめに使われている。困った男だ、まるで常識がない、と言うかと思うと、みんな常識ではないか、面白くもない、と言う、これでは何のことやらわからない。まあ、私にしたって、これで、ずい分常識は尊重している積りでいるが、私の言行を眺めている人達は、私をあんまり常識の備った男とは認めてくれないようです。どうも常識という言葉は、誰もわかり切った言葉のように使ってはいるが、その意味合いは、余程面倒なものだ、という事になるようです。

物は試しだから、常識という言葉を、辞書で引いて御覧になるとよい。諸君のうちには、意外な事に気付かれる方もあるだろうと思う。常識という言葉は、もともと日本語ではないのです。英語のコンモン・センスという言葉を訳したものだ。訳したと言っても、訳者は、これに当てはまる適当な日本語がないと考えたから、常識という新語を発明したという次第であった。誰が、何時発明したか、調べてみたら案外な面白い事実にぶつかるかも知れないが、私は知りませぬ。福原麟太郎さんに伺ったら、明治三十五年の三省堂の英和辞典には、コンモン・センスの訳語は常識とあるそうで、その頃になると、常識は、たしかに日本語になっていたわけだが、新語が、日常語として熟するのには、ずい分時間を要する事で、これは又別事でしょう。恐らく、知識人達は、長い間常識と言うより、コンモン・センスと言っていたのではないかと思われる。大正の初めころ、コンモン・センスに対抗して専門センスという言葉が、何時の間にか出来て、大いに幅を利かした。これに、慶応義塾が、塾長さんだか誰だか忘れましたが、腹を立てて、うちでは専門センスなぞというつまらぬものは教えない、コンモン・センスだけを教えている、と言ったという、そういう話を聞いた事があります。

まあ、そういう話を聞いた事があるというだけの事だが、私には面白かった。或る人間の逸話でも聞くような気味合いで、歴史の真理が閃めくような話だと思った。福沢諭吉は、常識という新語の発明者ではないだろうし、コンモン・センスという言葉も使っていないようですが、コンモン・センスは、彼の思想の礎石の如きものであった、これは間違いあるまい。コンモン・センスの尊重は、自由、平等、独立の考え、所謂文明開化の風潮がもたらしたものです。この風潮が、明治初年、福沢諭吉の「学問のすゝめ」という名著により、堰を切って流れた事は、誰も知るところだ。この本の冒頭に、有名な文句がある。「天は人の上に人を造らず、人の下に人を造らず」。この文句は、福沢研究者によれば、ジェファーソンのアメリカの「独立宣言」の中の文章、“All men are created equal.” の福沢風の訳文と推定されている。「独立宣言」が発表される半年ほど前に、トーマス・ペインという人が、匿名で、「コンモン・センス」という本を書きました。これは、戦後、小松春雄氏によって翻訳されて、広く読まれたようで、私も、この訳本で読んだのですが、訳者によると、ジェファーソンは、ペインが「コンモン・センス」で始めた仕事を、「独立宣言」で仕上げた、と歴史家が評価している本だそうだ。「学問のすゝめ」という本は、賛成反対の世論の渦を巻き起し、著者の言うところによれば、一冊二十万ずつ、三百四十万部も忽ち売れたというが、ペインの「コンモン・センス」も、五十万も出たと言われる。独立前のアメリカの読書人の数など、明治初年のわが国の読書人の数にくらべれば言うに足りないものだったろうから、凡そ本の読める人は、皆読んだと言ってよい。まあ、それほど大変な影響力を振って、アメリカ独立の気運を決定的なものとした、そういうものだったそうである。

本の内容には触れず、ただ、それだけの事からしても、当時、コンモン・センスという言葉には、言わば、どれほどの目方がかかっていたか、を推察する事は出来るでしょう。ペインという社会革命家は、コンモン・センスという理想をかかげた、と言っても過言ではあるまい。アメリカ独立という理想について、自分は、煽動的言辞も煩瑣な議論も必要としていない、誰の眼にも見えている事実を語り、誰の心にも具っている健全な尋常な理性と感情とに訴えれば足りる、そういう考えから、ペインは、その革命文書に、コンモン・センスという標題を与えたに相違ない。これは、私の想像だが、この本の邦訳者は、コンモン・センスを、常識と訳しても、どうも拙いと考えたに違いない。なるほど常識という言葉は、今日では充分日本語として熟しているが、その価値は、もうひどく下落して了って、とてもコンモン・センスという言葉の目方には、つり合わない。仕方がないから、そのまま「コンモン・センス」として置いた。そういう事だったろうと思う。尤も、今日では、向うでも、コンモン・センスという言葉には、十八世紀の所謂啓蒙時代にかかっていたような目方は、とてもかかっていない。ペインは、コンモン・センスという言葉を政治に利用したのだが、彼の活動していた時期、彼の生国イギリスの哲学の主流を成していたものは、哲学史家によって、「コンモン・センスの哲学」と呼ばれているものであった。

良識とか善識とかいう言葉があります。フランス語のボン・サンスの訳語だが、これは、極く新しいもので、恐らく昭和に這入ってからの新語でしょう。いずれにしても、日本語として、未だ熟してはいないし、これから熟しそうもない。常識という言葉があれば、事は足りるからです。コンモン・センスに見合うフランス語は、サンス・コマンだが、ボン・サンスの意味合いは、これとはっきり区別する事はむつかしいようです。イギリスの「コンモン・センスの哲学」が、哲学の一派として、どういう内容を持っていたか、どういう事情で成立したか、その委細については、私は、無知で、お話しする事は出来ないが、いずれ、バークレイとかヒュームとかいう極端な立場に立って物事を考える学説が、あんまり行われると、必ず、これに対して、普通な考えから物を言ったらどうかという発想が、学問界に起って来る、そういう事だったに違いないと凡その見当はつくわけだ。私のお話しの眼目は、そういう常識と呼ばれている、私達の持って生れた精神の或る能力の不思議な働きにある。それだけが、眼目だから、敢えて乱暴な言い方をするが、「コンモン・センスの哲学」の元祖と言う事になると、これは、どうしても百年ばかり遡って、デカルトという大人物に行き当らねばならぬ。これも、勿論私は、彼の学説の委細を知っているわけではないので、ただ、普通の読書人として、彼の著作から得た感想をお話しするだけです。

「ボン・サンス」と呼ぼうと「サンス・コマン」と呼ぼうと一向構わないので、デカルトも、時と場合により平気で、両方を使っているし、「ボン・サンス或はレーゾン」とも言う。レーゾンは極く普通の意味での理性で、哲学者達の専門的定義とは全く関係のないもの、むしろ分別とでも訳した方がいいものだ。要するに、彼に言わせれば、常識というものほど、公平に、各人に分配されているものは世の中にないのであり、常識という精神の働き、「自然に備った知恵」で、誰も充分だと思い、どんな欲張りも不足を言わないのが普通なのである。デカルトは、常識を持っている事は、心が健康状態にあるのと同じ事と考えていた。そして、健康な者は、健康について考えない、というやっかいな事情に、はっきり気付いていた。デカルトが、ともあれ、彼が、誰でも持ちながら、誰も反省しようとはしないこの精神の能力を徹底的に反省し、これまで、哲学者達が、見向きもしなかった常識という言葉を、哲学の中心部に導入し、為に、在来の学問の道が根柢から揺ぎ、新しい方向に向ったという事は、確かな事と思える。従って常識というものについてお話しするには、彼のやった事が大変参考になるのです。

デカルトは、常識について反省して、常識の定義を見付けたわけでもなければ、この言葉を、哲学の中心部に導入して、常識に関する学説を作り上げたのでもない。常識とは何かと問う事は、彼には、常識をどういう風に働かすのが正しく又有効であるかと問う事であった。ただ、それだけであったという事、これは余程大事な事であった。デカルトは、先ず、常識という人間だけに属する基本的な精神の能力をいったん信じた以上、私達に与えられる諸事実に対して、この能力を、生活の為にどう働かせるのが正しいかだけがただ一つの重要な問題である、とはっきり考えた。これを離れて、常識の力とは本来何を意味するかとか、事実自体とは何かとか、そういう問い方、言わば質問の為の質問というようなものは、彼の哲学には、絶えて見られない。神の存在という形而上学的問題にしても、窮極の問題として、これに迫られているのが明らかである限り、彼はこれを避けはしなかった。例えば心臓の構造の問題とともに、平気で、これに取組む。しかし、問題の解決は、問題に対して、自分が自由に使用し得る常識という道具の、出来る限り吟味された使用法に、ひとえにかかっている、と確信していたように、私には思えます。この常識の使用法、働かせ方が、彼が“méthode”と呼ぶものであり、彼の哲学とは、この使用法《メトード》そのものである。という事は、彼の著作に、私達は、仕上げられた知識を読むより、いやでも生きた人間を感ぜざるを得ないという意味でもある。

この常識の使用法について、デカルトは、“Le Discours de la Méthode”という非常に明晰で感動的な本を書いた。これは、誰も知っている、あの「我れ思う、故に我れ在り」という文句が出て来る、大変名高い本で、「方法叙説」という名で、早くから紹介されていますが、原題は、そのような固苦しい名ではなく、「方法の話」と訳して置けばいいもので、もっと大胆に、「私のやり方」と砕いて訳した方が、もっといい、と私は思う。それにしても、デカルト自身が、当時、平明に砕けた物の言い方をしようと決心した大胆さに比べれば、物の数ではないでしょう。

デカルトは、この最初に出した、一番大事な著作を、何故、ラテン語という当時の学問語を捨てて、日常フランス語で、而も匿名で書いたか。どういう理由から、どういう決心から、彼は、第一流の学者として当時異例と思われる事をしたか。これを知るのに、彼に関する研究や伝記を読む必要はあるまい。そんなものは、かえって邪魔になるかも知れない。「方法の話」を注意して読めば、これがこのように書かれた深い理由は、自ら感得出来る。それに従うに越した事はない。私が、前に、自分の勝手な感想をお話しするだけだ、と申したのは、その意味です。

何故フランス語で書いたかについて、デカルトは、この本の中で、こう言っている、「古人の書物ばかり有難がっている人々より、誰にも備っている凡そ単純な分別だけを働かせている人々の方が、私の意見を正しく判断するだろうと思うからだ」と。そして重ねて言う。「私が、私の審判者と望むものは、常識を学問に結びつける人達だけである」と。彼は、二十歳で、学問は一通り身につけて了った。ヨーロッパ最上の教師を擁する最上の学校で、学べるだけの事は、悉く学んだ、のみならず、珍奇と言われる書物も、手に入る限り読んだ、と言う。それだけの事なら、奇怪な早熟児の告白に過ぎないが、彼はこう言うのです、学問に励んでみたが、無駄だった、何の利益もなかった、「たった一つの利益は、このたった一つの不思議な利益よいよ自分の無知を発見した事であった」。彼は、このたった一つの不思議な利益を、絶対に手放さない。生れるものがあるなら、其処からしかない、これが、青年デカルトの確信であった。この確信を、彼は、次のようにも言う、「お蔭で、私は、他のすべての人々を、自分自身で判断する自由を得た。これはと思うような学説は、今の世間には一つもない、と考える自由を得た」と。これは天才の物の言い方である。こういう物の言い方から、自分の精神の正直な率直な動き以外に、世の中に何も求めなかったこの人間の姿を、努めて想い描こうとしてみなければならない。

　彼は当時の学問を疑い、到るところにその欠陥を見て迷ったのではない。根を失って悉く死んでいると判断出来る自分の自由を信じたのである。「自分は懐疑派ではない。懐疑派とは、ただ疑う為に疑い、決断しないのを衒《てら》う人間だ」と、彼は言っています。学問は、抱え込んだ知識という財産の重荷で死んでいる。学者達は、財産の整理や分類に没頭しているだけで、何一つ新しい富を加えない。一見そんな風にも見えないのは、学者達の巧知と虚栄心は限りなく、その為に、どうやら「真実らしいもの」が、幾つでも現れるからだ。それが己れを欺き、人を誤らしている。そうデカルトは見た。見たとは、遅疑なく一切の書物を捨てて、従軍し、旅行する事であった。「自分自身のうちに、でなければ、世間という大きな書物のうちに、見付かりそうな学問以外の学問は、求めまいと決心した」。世間という大きな書物は、彼に語りかける、学問のある人の書斎の推論より、重大な事件に迫られ、一つ判断を誤れば処刑されると言った場合、学問もない人達が働かす分別の方が、真理を摑むであろう、と。「私は、自分の行動に於いて、明晰に見る為に、この生活に於いて、確実に歩く為に、真と偽とを判別することを学ぼうという最大の欲望を持ちつづけた」。三年間も持ちつづけた或る冬の初め、ドイツの或る村に駐屯した或る日、ただ一人で終日、炉の火を眺めて考えているうちに、自分の「方法」に関する基本的な構想が、自ら成るように成った。

私は彼の伝記によって、こういう話をするのではない。これは彼の「方法の話」の中に、皆書いてある。彼は、自分の方法が生れた自分の欲望や決断を語るのです。これを語らなければ、「方法」を人に解らせる事は出来ない。彼は、「この話のうちに、私の辿った道はどういうものかを示し、私の生活を一幅の絵のように現そう」と願った。絵のように現すのに、ラテン語は不向きであろう。生き生きと柔軟に使っている日用自国語に越したものはあるまい。そう考えたから、彼はこの本をフランス語で書いた。という事は、彼は、自分の思想を伝達する為に、最善と判断した方法を、現にこの本で試みているのが、この本を読みながらわかる、という意味です。方法は実際に試みなければ意味がない、この点が大事なのである。デカルトのドイツに於ける、学問の方法上の開眼とは、原理的には、驚くほど単純なものであった。真理を得る為には、直観と演繹という精神の基本的な誤りようのない二つの能力を使用すれば足りる、そういう学問が幾何学ならば、これは学問の枠であり、真理を目指すあらゆる学問は、この方法に帰一すれば、長い鎖のように連結するだろう、という考えであった。この中世紀の学問を一変させた着想に、今日はもう驚くものはないだろうが、着想の背後には人間がいる。この着想を発見した人の言うに言えない大きな喜びと、これが為に直面しなければならなかった、今まで誰も知らなかったような難局の意識とがあった。「方法の話」という一幅の絵には、それが描かれているのです。着想は天から降ったのではない、実際にやってみて確かめられた。デカルトは、数学を学んでみて、この貴重な学問が、何故死んでいるかを看破した。それはこの学問が、常識に結合していないからなのだ。数学の仕事の背後では、目に見えぬ、極度に純化された常識が働いている筈なのだが、これに目を着けないから、数学は悪く専門化し、幾何学者は、図形を追い、代数学者は符号に屈従し、実効のない、徒らに複雑な技術と化している。デカルトは、数学を計算の技術と見る眼から、数学を「精神を陶冶する学問」と解する大きな精神の眼に飛び移る。そして、これを実地に当って、陶冶してみる。すると古代の幾何学は近代の代数学に結合して了った。論理学についても同じ事だ。同じ理由によって死んでいる。論理学は、自分の知っている事を、或は本当には知らない事でも、順序立てて人に語るには有用なものだが、自分の知らない事を知ろうとするには、役に立たぬ。そんな次第であるのも、論理学者が論理学の規則に足をとられ、物を判断する精神の力を見失っているからだ。デカルトは、こう言います、「多数の法律が、屢々犯罪の口実を与えるが如く、法律がどんなに少くても、よく守られれば、国家は、ずっとよく治まるが如く、守るのをただの一度も怠らぬという変らぬ固い決心さえあれば、論理学を構成している多くの規則の代りに、次の四つのもので充分だ、と私は考えた」

四つのものと言っても、原理となる規則はたった一つなのです。「疑う余地のないほど、極めて明瞭に判然と、自分の心に現れたものしか、判断のうちに取入れぬ事」。私達の常識は、正しい判断について、これ以上の事を言う事は出来ない。そして、又実際に、時と場合によっては、この規則を知らずして守っている。それほど、普通な知恵である。しかし、これを、実際に不断に守り通すとなれば、どういう事になるか。異常な難局に直面するだろう。与えられる問題は、限りなく複雑で多様だが、この単純な規則だけを守って出来る仕事は、驚くほど僅少である事が、いやでも解るでしょう。明瞭判然たる問題から、複雑な問題に、一歩一歩、順序を踏んで行く他はないとすれば、学問は、遅々として進むまい。更に、少しでも疑わしいものは、これを知らぬと言い切る事は、人性にとっては、ひどく困難な、勇気を要する事だと合点するでしょう。デカルトは、この困難に一生堪えた人だ。彼に堪える事が出来たのも、誰にでも自然に備っている基本的な知恵の種子を、どこまでも育てる事は可能だ、という深い信念の故だ、ただそれだけの故だ。そういう人間を想わずに、彼の着想や学説の功罪を云々しても、これはまあ真面目臭った冗談のような話だ。

彼は、ドイツでの開眼の後、「冬の終らぬうちに再び旅に出た。以来まる九年というもの、あちらこちらと世間を歩き回る他には、何一つしなかった。世間で演じられる劇で、俳優たらんよりむしろ観客たらんと努めながら」。――こんな簡明な文も、その意味は簡明ではない。言わば、通例の読み方の逆の読み方を要求しているからだ。彼は、自分の最上と信ずる方法を実行するのに九年かけたと言っているのです。観客たらん事を努めて、何一つしなかったとは、見る自分と見られる事物との間に、どんな知識も意見も介入させまいと努める事、自分と対象との間のこの純粋な関係のうちには、ただ方法の活動だけがあるわけだが、その基本的な規則は、あまり普通で単純なもので、誰も取上げようとしないほど言わば透明なものであり、そういう状態に自己を保持するのには、注意力の極度の集中が要るという事、これをまる九年やってみたと言うのです。そういう人を想い描こうとすれば、彼の言う「精神の陶冶」とか経験を積んで、方法を身につけようとする彼が屢々言う「実習」

或は「訓練」という言葉が納得いくでしょう。

デカルトには、その方法を区分し、細説した別の本もあるが、彼の方法とは、出来上ったものとして、人に手渡しの出来る知識でも理論でもないという大切な事は、「方法の話」で、自分の辿った道を一幅の絵のように語ってみるより他に伝えようがなかった。もし、彼が望んだように、この本を、一幅の絵を観ずるように読むならば、彼の「我れ思う、故に我れ在り」は、九年も黙っていたこの観客が、遂に発した科白のように映じます。この孤独な観客が演じていたものは、自己訓練という方法の精神の劇であった。この劇が、見る自分と見られる自分の間の演技にまで行き着けば、もうそれは幕切れではないか。彼は自分の黙劇をもうこの先きはないところまで、進行させてみて、舞台に跳り上り、舞台の俳優に雑ってこの独白を洩らす。私には、まことに鮮明に映ずる画面である。デカルトは、これを彼の哲学の第一原理と呼び、そこから、神の存在も、外界の存在も証明してみせた。この認識論には、専門的にいろいろと議論の多いものがあるそうですが、私には、あまり興味が持てない。理由は全く単純なもので、そういう議論は、私が想い描こうとしている、彼の生活図を壊すからだ。彼の自己訓練という方法劇には切れ目はない。言い代えれば先ず自己が発見され、よく信じられていなければ、彼の方法劇は、始まりもしなかったでしょう。ベルグソンは、或る講演（「クロード・ベルナールの哲学」）のなかで、デカルトの「方法の話」に触れ、最初に大発見をしておいて、次に、発見するのにはどうやればよかったかを問う天才を私達は眼のあたりに見る、と言っている、そして、こういう精神の進み方は、一見矛盾したように見えるが、実は、一番自然な歩き方だと言う。私は、正しい意見だと思う。大発見は適わぬ私達誰の精神にしても、本当に生き生きと働いている時には、そういう道を歩く。例えば碁打ちの上手が、何時間も、生き生きと考える事が出来るのは、一つ或は若干の着手を先ず発見しているからだ。発見しているから、これを実地について確かめる読みというものが可能なのだ。人々は普通、これを逆に考え勝ちだ。読みという分析から、着手という発見に到ると考えるが、そんな不自然な心の動き方はありはしない。ありそうな気がするだけです。それが、下手の考え休むに似たり、という言葉の真意である。

学業を終えたデカルトが、書物を捨て、世間という大きな書物だけを読もうと決心し、今こそ自分一人で判断し考える自由を得たと言う時、彼の自己発見は、絶対的な完全なものであったと考えていけない理由はないでしょう。判断し考える自己の自由とは、これを完全に知るか、全く知らないか、どちらか一つのものだろう。

三分の一ほど知ったというような言葉は、意味を成すまい。そこから「方法的懐疑」と言われている彼の読みが始まるのだが、この疑いは、自分の発見したところを一層明瞭化し、信じたところをいよいよはっきり信ずるという目的しか持っていない。デカルトは、「方法の話」で、そういう自分の読みによる、意識の発展と発明以外の事は、何一つ語っていないのだが、自分を主張しようとか、他人を説得しようとかいう感情の動きは、少しも現れてはいません。この本は、著者が「身の上《イストワー》話《ル》」だと言っているように、まさしく自伝なのだが、後世現れたローマン主義文学の発明した自伝的意匠などは、一とかけらも見られない。彼の晩年の努力は、身体の動きに固く結ばれた情念《パッシオン》の動きを、精神が、どう観察し、どう監視するかという問題に集中されたが、その種子は、既にここに見られると言ってよい。自ら現れて来るのは自分一人で考える人の、男らしい明るい歓びの感情だけだ。これは、私の方法であるから、誰にでも為になるものだとは言わない。ただ「私は、これが或る人々には有益である事を、誰にも無害である事を、そして凡ての人々が、私の率直は認めてくれる事を、願うのである」と彼は言います。彼のこういう言い方には、あんまり自信の強い人は、時として、謙遜に見えるものだ、というような漠然たる教訓は含まれてはいない。彼の表現は、全く正確なので、彼は、ただ率直でありさえすれば足りた、比類のない思想家なのである。彼は、他に異ならんとする、どんな欲望も才能も、認めてはいないし、現してもいない。だから、彼は、自分の率直を、認めて欲しいと願うのだ。それは読者の誰もが感じてくれる事だろう。感じてくれるなら、自分は自分の考えしか語らないが、この考えは何の異もない極めて普通な、健全なものなのだから、読者達は、各自のそういう自己を発見してくれるだろう。だから、デカルトは自分の一番大事な本を匿名で書いたのです。この方の標題のサブ・タイトルには「私の」方法ではなく「或る男の」方法とある。もし、世間が、彼をそっとして置いてくれたら、彼は、一生「或る男」で通したでしょう。

さて、話を、前に戻します。デカルトの方法劇には、決定的な演技が二つあるわけだ。一つは、ドイツに於ける、学問は一つである、という開眼である。彼は、全自然を計量的に数学的に解明する可能性を確信したのであるが、そういう学問の体系のうちに、彼の自己が消えたのではない。ただ、自己と自然との対話という劇の一番純粋な形を、彼は演じてみせたという事だ。次に、外に向けられた眼を内に転ずる。自然に向って問う自己が問われる。この逆の読み筋も読み切られる。従って、彼の言う哲学の第一原理なるものは、この演技者にとっては、筋を読み切った時の、着手、実際に石を下したという事なのである。安心して我が身が隠せるイデアリスムの哲学が案出されたという事では、決してない。

デカルトの形而上学というものの価値や意味合いは、極めて実践的で創造的だったこの思想家自身と、これを知識と受取って、議論する理論家との間には、大きな食違いがあったようです。彼が、この食違いに苦しんだ事は、彼の著作や書簡のいろいろなところから推察出来る。人間が正しく考える自由を持ち、意志を持っている事を信じている以上、それはどんな意味を持ち、どんな根拠に立つものかという自問は避けられない。これが、神とか魂とかいう形而上学的問題に、人を誘うのだが、デカルトは、この問題は避けられぬと考えたから避けなかったまでの話だ。彼は、或る手紙のなかで、こう言っている。「要するに、形而上学は、神や魂に関する認識をもたらすものであるから、形而上学の諸原理は、一生に一度は、充分に理解して置くのが必要だと考えています。とともに、これらの諸原理について思いを凝らす事に、あんまり度々、理解力を酷使するのは非常に有害であると考えている。と言うのも、この瞑想の仕事では、理解力は想像や感覚の働きに携わる事が、どうしてもうまく出来ないからです。そこで、最上の道は、一度引出した結論を、記憶にとどめて確信する事に満足し、研究に当てる残りの時間を理解力が想像や感覚と一緒に働く思索に使う事です」（エリザベート宛、一六四三年、六月二十八日）

デカルト自身にとって、形而上学とは、そういう意味合いのものだったので、実際、彼は、これを記憶し確信したら、問題は、周囲に限りなくあるのだから、さっさと先きに進んだのである。例えば、光の屈折現象を研究しようと思えば、理解力が想像力と感覚と一緒に働く、そういう思索がどうしても必要でしょう。これについて、彼は、「方法の話」の中で、面白い事を言っているが、そういう研究に際して、先ず様々な仮定から出発し、実験を経て、確実な結果が得られるなら、結果は、逆に仮定を証明するという事になる。そういう思想の順逆の働きが、ここで互に相応じているのを、論理学者は、論理の循環だと非難するが、ばかばかしい話だ。そして、彼は、次のように付言しているのです。論理学者には、自分が説明抜きで、仮定から始めるのが気に入らぬらしいが、いろいろな仮定は、実は昔、自分の哲学の第一原理から演繹出来るものばかりなのだが、この演繹を、自分は略したのである。「と言うのは、人が二十年もかけて考えたところを、二言三言聞いただけで、一日でわかったと思い込むような人がいる。そういう人は、悧巧なら悧巧なほど、鋭ければ鋭いほど、いよいよ誤り、真理から遠ざかるもので、遂には誤って、私の諸原理と信じ込んだものの上に、無法極まる哲学を作り上げる機会を捉える、而もその罪は、私が負わねばならぬ事になる、それを恐れたからである」

デカルトが、何を求めていたか、何を恐れていたかは明らかでしょう。自分が方法と呼んでいるもののうちには、人が二十年かかって考えたところを一日で理解する、そのような方法はない、そのようなものは、自分は方法とは呼ばない、自分の方法を模して、諸君にめいめい自分でやってみてもらう他はない、と彼は明言しているのだ。彼は、形而上学を、純粋な理解力の自問反省の働きの世界と信じていた。というより、彼の自己訓練の劇は、長い時間をかけて、そういう言わば精神と精神との純粋な対話、感覚的なものの物的なものの介入を許さぬ、彼が瞑想《メディタシオン》と呼ぶものに、否応なく行き着いた。この痛切な彼の内的経験を感得するなら、彼の証明するところは、率直に明白に受取れるだろう。彼自身にしてみれば、言葉は、この対話の手段、彼の明晰な直観を現すには、かなり不明瞭な手段に過ぎなかったであろう。デカルトが嫌ったのは、この手段が彼の認識論を、機械的に構成する要素としか映らぬ理論家達の悧巧な眼なのだ。明瞭判然たる人間の判断が、神の存在を証明し、神の存在が、逆にこの人間の判断を保証するとは、理屈に合わぬ、と悧巧な人々が言い出すのに閉口したのである。

それなら、自分の哲学の諸原理は、これを記憶にとどめて、確信していれば足りるもので、これらに拘泥するのは有害である、と彼が言うのは、要するにどういう意味か。彼自身に、哲学とは、どういう意味合いのものと映っていたから、彼は、そういう言葉を吐くのか。前にデカルトが、その哲学の第一原理を発見したとは、筋を読み切った時の、彼の実際の着手の如きものだと言ったが、私には比喩を弄する積りは少しもなかったので、それは、彼にしてみれば、学校も要らない、書物も要らない、事物に直かに問いかける自分だけから出発すれば充分だ、とした自分の信念なり決心なりは、やはり正しかったという全く簡明な事だったに違いあるまいという意味だったのです。ところで、この時、既に、考える自己と考えられる事物との区別は考えられていた筈であるが、この在るがままの自然な状態に基く全く素朴な二元論も、この自然の状態を超える精神の全的な秩序が考えられていなければ、意味を成さない。これは簡明な常識の反省であるが、デカルトの読み筋とは、どこまでもこの筋に添う分析なのである。

反省を重ねれば重ねるほど、二元論は鋭い形のものとなる。考える自由、判断する意志を本性とする自己という実体が一方にあり、この本性には全く係わらぬ外界という、限りなく分割出来る延長を本性とする実体が、これにはっきり対立するようになる。デカルトは、二元論を思い付いたのではない。対立は、私達に与えられた彼の言う「実在上の区分」なのであり、彼は、これを徹底的に明らかにしようとしただけだ。思想と延長、自由と必然、魂と肉体、これらの秩序のジレンマを人間は避ける事は出来ぬ。出来ないなら、私達のこの分裂した不完全な在るがままの状態を、そっくりそのまま受納《うけい》れるがよい。受納れる許りでなく、進んで、この状態を善しと信ずる方がもっとよい。この彼の確信を模して信じてみよう。言ってみれば、この分裂があるからこそ、私達の真理探究の努力が生じていると信じてみよう。この確信が、いよいよ固まるとは、完全な善意の神というもう一つの秩序を、暗黙のうちにせよ、許し、信じていなければ不可能な事ではないか。これが、彼の神の存在の証明、少くともその中心動機をなすものの一切である。彼が、その哲学の諸原理を細説した「哲学の原理」にせよ「メディタシオン」にせよ、この彼の実践的な中心動機の照明を受けている。或はこの動機の、様々な角度からなされた分析的表現と見てよろしい。彼は「哲学の原理」の序文に、この本の読み方について注意している。「最初は、全体を小説を読むように通読して欲しい。難解な個所も、あまり気にしないで、大体において、何が書かれているかを知って欲しい。その後で、難解な個所で、これは考えてみて、その理由を問いたいという気が読者に起ったら、あらためて、私の論証を辿ってみて欲しい」と言うのです。私は、以前、ただ、この奇怪な忠告に従って、この本を読んだ事があるが、この忠告は論証を理解するより先ずその発想或は動機を直覚して欲しいという意味に他なるまい、と今は合点しています。小説を読むように通読しなくて、どうして哲学の諸原理を提げて、世間を渡ろうとする著者の精神の足どりを感ずる事が出来るだろうか。

デカルトの、有名な「コギト」については、いろいろとやかましい解釈や議論があるようだが、デカルト当人は、その哲学の諸原理のみならず、これから導かれるすべての意見を、あまり当り前な事で、「到底新説などとは自分には言えない」と言う、「まことに単純な、まことによく常識に一致したもので、人が同じ主題の上に立てることの出来る、どんな意見より、異常なものでなく、珍奇なものでもないと確信している」(「方法の話」)と言う。どうして、そんな事になるか。考え方はただ一つしかないようです。

どんなものでも、疑わしいと思えば疑わしいから、自分は出来るだけ疑ってみた末、疑えないたった一つの事は、自分が疑っているという事だと知った。自分はこれを「方法的懐疑」と呼んだが、実は、名前などはどうでもいい。それより、そんなところまで追いつめられた自分の異様な孤独の味いの方が大事だったかも知れない。だから、「ひどく活動的な、他人の事には無頓着で、自分の仕事ばかりに夢中になっている人々の群がるなかで、繁華な都会でなくては得られぬ便宜はことごとく受けながら、しかも無人の境に住むに異ならぬ、孤独な、人目につかぬ生活を、私はする事が出来た」(「方法の話」)と書いて置いたのである。これは哲学ではない。忍耐である。この追いつめられた、全くささやかな私という一点を、逆に自分のこれからの仕事の出発点、唯一の原動力とする確信が育つのに二十年かかったとも、自分は書いて置いた。もし、それを考えてくれるなら、自分が、哲学の第一原理と呼んだ「コギト」を誤解する余地はない。自分のうちに育ち、生きた確信を直観してくれなければ、人々は、これを、議論の余地ある公式或は命題として受取る他はないだろう。従って、そういう人々は「悧巧なら悧巧なほど、鋭ければ鋭いほど、いよいよ誤り、真理から遠ざかるもので、遂には誤って、私の諸原理と信じ込んだものの上に、無法極まる哲学を作り上げる機会を捉える」だろう。確信というものには、言葉を超えるものがある。自分の全く単純な確信のうちでは、「私」と「存在」との間に区別なぞありはしないが、原理の形で表現すれば、「我れ思う、故に我れ在り」というような拙劣な形を取らざるを得ないし、又、「私」という言葉にしても、他に言葉がないから使うものの、自分の確信のうちでは、デカルト個人を指すとともに、これを超える何物かを指している。そんな事を、デカルトが言うと考えてみてもよい。少しも差支えのない事でしょう。

この思想家が、「方法の話」という「身の上話」で、あれほど気を使って、読者に示そうとしている、彼の思想の足どりに添うて考えれば、前にも言ったように、彼の思想の動機、発想の側から見るならば、彼の哲学は、決して体系とは成り得ない、成り得ないどころか、それに反抗したものだという事がわかるでしょう。「経験を軽蔑し、あたかもジュピテルの頭からミネルヴァが現れるように、自分の頭脳から真理が生れると考えている哲学者」（「精神指導の規則」）を、彼は、頭から認めていない。という事は、そういう哲学者なら、或る哲学的観念のうちに、うまく世界を包む事が出来るだろう、という意味にもなるようだ。「コギト」は、合理的に世界を再建する為に、デカルトの頭脳の工夫によって生れ出た観念ではない。彼は、「コギト」という、これ以上純粋な、直接な、疑いようのない形の経験はない、そういう経験から出発したと言うだけなのです。

「メディタシオン」のなかに「コギト」の定義があります。「私とは何物であるか。思う物（une chose）である。思う物とは何か。疑い、理解し、肯定し、否定し、欲し、欲せず、又、想像し、感覚する物である」と。こんな解り易い定義はない、というよりも、これは、私達に直接に経験されている諸事実全体の叙述である。彼の言う「思う」とは、何か特別な思い方を指しているのではない。彼の定義通りに受取れば、思うとは意識的に生きるという事と少しも変りはありはしないのです。これを承認し、確信しなければ、何事も始りはしない。何も彼もが、これが元なのだという考えほど、常識によく一致した考えはあるまい。ただ、一般に、常識人は、特にそういう反省をしてみないだけである。言葉を代えれば、デカルトは、誰も驚かない、余り当り前な事柄に、深く驚く事の出来た人だとも言えるでしょう。彼は、徹底的な反省を行い、遂に彼の心眼が、「思う物」を掌を指すが如く見た。そこが違うだけだ。尤も、これは大変な違いではありましょうが。

「コギト」とは、単なる認識論の基本原理ではない。思う事から出発しなければ、何処からも出発しようがない人間という特殊な物への反省的直観である。人間の自発性というものの確信であると言ってもいい。確信とは、固定した知識ではあるまい。直ちに働き出し、歩き出す。歩き出すところに、この人間という「思う物」は、自然という「思わぬ物」の中にいるという直観は、立ちどころに現れるでしょう。デカルトの有名な二元論も、決して、ジュピテルの頭からミネルヴァが現れるように、デカルトの頭から生れたものではない。それは、彼に言わせれば、精神と物質と呼ばれる「実在の区分」が直観されるという事だ。直観されているとは、この二つの与件の存在を否認したり、或は証明したりする事が出来るような合理的能力は、人間には備っておらぬという極めて簡明な事だ。面倒なのは、この実在の区分に添うて正しく考える道である。両者を誤って混同したり、両者の人為的な妥協を空想したりしないようにするには極度の注意力が必要だからだ。先きほど、デカルトの心眼という言葉を使ったが、勝手に使ったのではない、デカルトの言葉の直訳です。彼は、こう言います、「方法の全体は、若干の真理を発見するが為に、精神の視力を向けるべき、物の秩序と配置とのうちに成立する」（「精神指導の規則」）。この方法の全体とは彼の哲学の全体を意味する事を、もう一度よく考えてみるなら、彼の二元論が、認識論の上に、まことに厄介な種を播いたというような事は、無論、彼の知った事ではないのだし、又、彼の「コギト」の哲学が、近代の観念論哲学の体系への道を開いたと聞いたところで、彼は、自分には責任はない、と言うでしょう。

デカルトの仕事には、知性の偏重も自負も決してみられない。そんな独断は、方法上の違犯である。彼の定義によれば、思うという働きには、意志力も理解力も想像力も感覚力もあるわけだが、この常識が区別して知覚しているところを、彼は、そのまま承認する。従って、原理上混同する事は出来ぬが、同じように疑えぬ性質の異なる直観が、彼の方法の上では幾つもあると解してよろしい。つまり、意識には、幾つかの実在の秩序と配置とが現前していて、これらが、精神の視力の方向を決定しているのです。だから、私達の全く純粋な知性の働きは、方法上、全く純粋な精神的対象だけに向けられている。其処では、形を想い描く想像力の直観も、熱さとか痛みとかを感ずる感覚力の直観も無力であり、ただ、知性上の直観だけが物を言う。これは彼が言う形而上学の領域なのだが、ここでは知性は自在である。だが、意志や欲望や感覚なぞ、それぞれの直観力が宰領する対象になると、知性は、抵抗なしには進めないのです。

例えば、理解力が、常に感覚力の誤りを発見するからと言って、理解力には、感覚の世界を、己れの力のうちに説明によって解消して了う何の権利もない。彼の考えによれば、感覚は、もともと生きる為の必要や利益に応ずるように生れ育ったものだから、理解力の側から見れば誤りを犯すのも当然な事だし、誤らなければ生活さえ出来ないとも言えよう。感覚が理解力の忠言を納れて青を色彩の一種だ、と言い変えるわけもない。感覚力は、その独特の直観に基く視力の方向を独力で行くのである。意志についても同様で、この働きは、これが働いている行為の最中、意志によってでなければ、究め難いものを持つし、その意志力の直観に基く視力をどこまでも行使する者には、理解力が明白な真理と認めるものを容認しない自由も容易だろう。

このような観察には、何等理論は含まれていない、とデカルトは言うに違いない。人間が背負った「コギト」の世界とは、そういうやっかいな出来なのだ、自分は、これを、無論、変えようとは考えないし、整理しようとも要約しようとも考えていない、と彼は言うでしょう。彼の方法では、我という「思う物」の、こういう様々な異質な働きが、言わば心眼の描く互に相容れぬ力線が、何処でどう平行し協力するか、何処で、どう交錯し矛盾するかを告げるものは、現実の経験しかないのです。彼は、「演繹」という方法とともに「帰納」と呼ぶ方法を言うが、どちらにしても、歩いて行けば、いやでも結論に達する三段論法の固定したメカニスムとは何の関係もないものなので、それというのも、どちらの手段にしても、彼の方法では、思い掛けない経験の忠告を受けて、思い掛けない現実の関連の発見に導かれるという、柔らかな、細かい働きだからである。

而も、この働きは、その場の条件を呑み、その場の成功を確保して、一段一段と昇らねばならぬ。彼に言わせれば、一足飛びに屋上に上る事は出来ない、そんな事は妄想であると知らせるのが、方法が指示する階段である。だが、彼は、屋上に上っても、まだ真理に通ずる階段がつづく、とも言いたいだろう。一挙の解決も、究極の解決も願わないというのが、彼の根本の考えだからです。実際、彼の一生は、果しない思索の緊張と努力との一生で、彼は、完備した合理的世界観など妄想した事は一度もない。

彼は、自分の方法論を、「精神指導の規則」とも呼んでいるが、彼は、精神の新しい指導法を発明したとは、少しも思っていなかった。これはデカルトの大事な思想なのです。指導とは、"direction" の訳ですが、「ディレクシオン」という言葉は、進路、方向を示すという意味です。この精神の進路なり方向なりは、はじめから人間に与えられていて、任意にこれを変更するなど、全くかなわぬ事だ。健康な精神が、物の認識に努力するなら、知らずして、この道を行く。まことに不思議な事ではないか。「人間の精神は、実際、何とは知れぬ神的なものを持っているものだ。そこに、有益な最初の種子が蒔かれて居るので、これは、屢々、誤った研究によって、閑却されたり、抑圧されたりするが、それでも、自ら実は結ぶものである」。実を結ぶ力は種子にある。自分は、この力を発見し、その力を自然に育成する栽培法を説くまでで、何も余計な事も面倒な事も言うのではない。デカルトの方法論は、そういう深い確信の上に立っている。彼は、どうして自分が、この事を確信するに至ったかを語る。その切っかけは、解析幾何学の発見という経験の産物だったと言うのです。彼は、自分で実際にやった事しか語らぬ。「書斎の推論」は、彼には無いのです。数学という学問は、非常に純粋な形で精神の力を使用するものだから、数学者は、精神そのものの働きに気が付くには、一番好都合な立場にある。それなのに、気が付かない或は気が付かない振りをしているのは何故か。なるほど数学は、大へん精神的な学問だが、やはり数字とか図形とかいう形ある物の助力をどうしても必要とする仕事なのであり、その事を、数学者が、はっきりと見極めていないからだ。見極めていない者が、形のない単純な精神の貴重な働きを忘れ、形ある複雑な符号の無益な論証に心を奪われるのも無理もない事だ。自分は、古代の幾何学を研究してみて、幾何学者が、眼に見えぬ精神の働きに誘われて、はっきり気付かず、既に一種の解析法を使っている事に気付いたし、又、数論の発達によって現れた代数学についても、もし精神の働きの方に着目するなら、古人が図形を借りて考えたところを、数を借りて考えたものに過ぎない事に気付いたと言う。肝腎なのは、精神という原動力に還る事である。還ってみれば、精神の働きは、その扱う対象によって、根本的変更を受けるものではない、精神の働きに専門家はない、と合点するだろう。対象は、数や図形であろうと星や音響であろうと差支えない。「秩序」や「計量関係」の究明だけを要求している事物なら、どれにも同じ精神が出向いてよろしい。これが、前にもちょっとふれた、彼の言う「普遍数学」の開眼であり、近代科学の礎石となった考えである。その後の科学の急速な進歩発達が、デカルトの自然学に述べられていた知識を、次々と古ぼけたものにして行ったという事については、デカルトに何んの文句もあろう筈がない。自分の開眼がもたらした当然な成果だというでしょう。しかし、科学の発達は、単に科学的技術を発達させるのではない、思想を大きく変えます。周知のように、十九世紀も半ばごろになると、科学万能の時代が到来します。デカルトの「普遍数学」の観念が、異常にふくれ上って、世界観という名で世界を覆うという事になる。そういう事については、彼にはただ自分が夢にも考えなかった「無法極まる哲学」だという言葉しかないに違いない。

合理主義者デカルトという言葉は、実に怪しげな、というより万事につけ高をくくりたがる人々の好む嫌な言葉です。彼は、出来る限り合理的に考え、合理的に生きようと努めた人であったが、これは、彼が合理主義者であった事を意味しはしない。前にもお話ししたように、彼は、物事を徹底的に疑ってみて、懐疑主義者が、懐疑を衒《てら》う人間に見えて来た人だ。懐疑主義者には、自分の衒いを看破し、これを疑いによって否定する懐疑の力が不足していると見たのである。彼の眼の前に頑固な合理主義者が現れても同じ事でしょう。不合理な自負心に負けた人間に過ぎぬと映ったであろう。「出来る限り」という言葉は、デカルトの著作に、屢々使われているが、この意味は、大変はっきりしたものなので、人間に可能な限りという意味なのだ。そこには、制限された人間という存在に関する彼の鋭い意識が、いつも在るのです。

彼に、その方法の糸口を与えた「普遍数学」の着想は、若いデカルトの心を深く動かしたようです。でなければ、その時は冬の初めで、自分は、終日、たった一人で炉部屋にいた、などと書きはしないのだ。なるほど、この着想には、我れながら驚くべきものがある。しかし、これは、「我」のなかに生じた一着想に過ぎず、「我」を呑み下す事は出来ないのである。言いかえれば、この着想の人間的意味を確定する力は、未だ自分にはないではないか、という自問が、この着想とともに彼に生じていたのです。彼は、はやる心を抑えた。「これは極めて重大な事柄であり、速断と偏見とを一番恐れなければならぬものであった。その時、私は二十三歳であったが、もっと成熟してからでなければ、これを企ててはならぬ、すぐ実行にかかってはならぬ……と私は考えた」（「方法の話」）。私は繰返しになる事は承知の上で、繰返すが、彼に言わせれば「自分自身と世間という大きな書物」の他は何も頼まぬ「経験」「実習」「訓練」の九年の歳月が、それから流れる。何故、彼は、成熟を待ったのか、直ちに実行してはならぬと判断したのか。他でもない、彼の哲学の諸原理とは、そうしなければ、決して結ばぬ実であった、と何故率直に考えないか。読者は、読書法に関し、何か詭計でも弄さぬ限り、誤読の余地はないのだ。それを、私は繰返したいからです。

デカルトの方法は、彼が「自然によって精神のうちに蒔かれた有効な最初の思想」或は「真理の最初の種子」と呼ぶものの、出来る限り自然な栽培法なのだが、この種子は、単に「普遍数学」を目指して成育するほど単純な性質のものではない事を、彼は、よく承知していた。それは、彼が、「自然の光」或は知恵（la sagesse）と呼んでいるもので、これは、どこまでその根源にさかのぼってみても、人間的な具体的な内容を失わないものなのです。これを栽培しなければならぬとなれば、栽培法は、形式的に整備されたもの、方法さえ教われば、栽培は苦もない、そういうものになる筈がない。実際、「方法の話」は、初めから矛盾撞着しているのです。彼は、先ず、「普遍数学」の観念に基き、真理を探求する方法の原理を述べる。これは、彼に言わせれば、尤もらしく、堂々と構えた既成の知識の建物を、みんな壊して、全く自然で単純な明瞭判然たる判断に基く建物を、自分の手で設計し、建築しなければならないという事だが、扨て、この仕事をやる間、自分は何処に住んだらいいか、やはり別の家を準備して、そこで寝泊りする他はなかろう、と言うのだ。従って、彼の方法原理は、はじめから認識と生活とに関して分裂する事になる。正しく認識する為の「原理」とともに、有効に行動する為の「格率」とが、同時に立てられる。理知は、判断の決意を遅らせるように働き勝ちだが、行動には即決を要求する傾向がある。これは、やっかいな事だが、ここで注意すべき事がある。デカルトの方法とは、このような人間的困難を切り抜けるのを目的としているのだが、切り抜けるには、この困難を避けようとしたり、軽減しようとしたり、あわよくば、無くそうとしたり、そういう人為的な道を取っては一切駄目だ、ただ困難を出来るだけ明瞭化する道があるだけだ、と彼が考えている事です。彼の方法では、漠然たる困難は分析され、人間は、「原理」に従わねばならぬ家と、「格率」に従わねばならぬ家と二軒の家で暮している事実が、はっきり示されるのです。認識に於いては、厳正な真理が要求されるが、行動の上では、蓋然的な真理で済ませばよい、というような曖昧な事は、彼は、決して言わない。例えば、森の中で道に迷い、或る方向に歩き出した場合、その方向を選んだ事については、蓋然的な理由さえなく、全く偶然だったにせよ、選んだ以上は、真っすぐに歩け、と言う。それが、森を出るという目的と離す事の出来ぬ行動の「格率」だと言い切るのです。「格率」は、選ぶのが先決であり、選んだら、その理由を最上のものと見なせ、と命ずる、と言うのです。このように、彼の方法では、「思う物」の働きに在る矛盾が、鋭く浮び上って来る。そういうやり方が、彼の「知恵の栽培法」の特色なのである。知恵は、そういう緊張のなかで、何とかして平衡を取りつつ進まねばならない、成熟を期さねばならない。

そういう次第ならば、彼が、何故、哲学上の原理を確定する仕事に容易に手を付けなかったか、又、原理はどういう性質のものであったかは明らかでしょう。彼は、「思う物」の働きの矛盾を統一する原理を工夫しようとしたのではない。そんな事は決してない。統一は現に在る。現実の「我」によって生きられている。この言わば潜在的な自己の統一についての漠然たる自得は誰にもあるのだ。デカルトが確かめたいと考えたのは、この事実だけである。これを外部から確かめるどんな手段もないとすれば、知恵が成熟し、純化して、自得の働きそのものと化する時を待たねばならないのは当然な事ではないか。

この精神が精神について悟得する働きが、彼が形而上学と呼んだものであり、ここで要求されているものは、理論的表現というよりも、彼には、想像も感覚も脱落して、全く裸になった言葉だけだと映じていたでしょう。詩人が、自分の使用する言葉について、詩的直観しか要求していないように、ここまで追いつめられたデカルトは、その哲学的諸原理について、形而上学的直観しか要求していない。これが、大変人に誤られ易い危険な仕事である事は、既にお話しした通り、彼はよく承知していた。この仕事は、一生に一度は、とくと考えてみなければならぬ事だから、考えたのだが、獲得した上は、あまり、これに心を労する事は、非常に有害である、と彼は言う。直観する事は、抽象する事ではないのだから、彼は、「思う物」の働きから、何一つ捨て去ったわけではない。「思う物」の働き全体が直観されたという点で、その姿は純一で何一つ不足したものはないが、やはりそれは、二軒の家で暮さねばならぬ人間の知恵の働きである事に変りない。彼の心眼によって摑まれたものは、彼に言わせれば、「制限された人間にふさわしい完全性」(「メディタシオン6」)に他ならない。「メディタシオン」は、「私達は、私達の本性の弱さを承認しなければならない」という文句で終ります。弱音ではない。積極的な承認、言いかえれば、この「本性の弱さ」は完全だというのです。彼は、これを選び、信じたと言ってもいいでしょう。それなら、全知の神を選び、これを信じたのは当然だろう。ただ、彼は、神学も説教も必要としなかったに過ぎない。

そこで、彼の仕事の総称たる哲学というものの定義は、「哲学の原理」の序文に見られるように、まことに解り易いものとなっている。それは、「生活の指針、健康の保持、技術の発明を目的とする、人間に可能な限りの知識の探求」である。「哲学の全体は一本の樹で、その根は形而上学、幹は物理学、幹から出る枝は、他の諸学全部だ」。しかし、実が結ぶのは梢であり、哲学の目的とか効用とかいう、その実は、梢で摘まねばならないのだし、一番貴重な実が、諸学の成果たる高い意味での道徳である事は、言をまたぬ、と言うのです。実際、彼の仕事は、その通り歩いた。哲学の目的のなかに、健康の保持という、ちょっと妙に思われる言葉があるが、「方法の話」も、余生は医学の勉強以外の事には用いまいと決心している、という言葉で終っているのであって、これは、二軒の家に暮さねばならぬ「思う者」の働きという着想で始った「方法の話」が、遂に心と肉体とから合成されている人間という問題にしぼられるに至った事を語っている。彼は、そこに道徳問題を解く鍵を見たのであり、彼の仕事は、道徳という実を摘む事を目的として進んだが、彼は、道学者にも、説教家にもなったわけではない。心身の結合、という事実を、獲得した全知識をあげて熟考しようとしただけなのです。彼の方法は一貫していた。彼は、「水先案内が、船に乗っているように、精神が肉体に宿り」、肉体を動かしているとも、肉体のメカニスムが、精神を支配しているとも考えなかった。分割出来ぬ心は、分割出来る肉体という物体全体に緊密に結合している。この不思議を誰が解こうか。彼は心的な説明原理から身体的秩序が説明出来るとも、その逆が出来るとも考えなかった。そんな考えは、彼に言わせれば、ごまかしなのである。両者の緊密な結合の秘密を知っているのは神だけだ。人知は、この与件を承認した上で働く他はない。そして、この事実の承認が、人間に固有な道徳の問題を避けられぬものとする。精神の自発性と肉体の必然性という異質の力が交錯し、張合う人間という場所は、情念の嵐の場なのだからである。従って、彼の「情念論」は心理学でもあるし、生理学でもあるし、道徳論でもある。このきらめくような洞察に満ちた本を要約する事は出来ないが、やはりここでもデカルトという人は匿名で自分を語っている、情念の動きを冷静に分析しながら、これによって、訓練される知恵を告白しているところが、一番魅力がある。彼は、人の努力には限りがないと信じていたが、旅先で風邪をひいて、間もなく死んで了いました。

勿論、こんなお話でデカルトの複雑な仕事を、尽せるわけもなし、そんな力も私にはない。ただ、私は、常識というものを深く考えた思想家の生態とも言うべきものが、私が現に持っている常識のうちに生きているという事について、感想を述べただけです。デカルトの思想には、ひとかけらの不安も遅疑も見られない。本質的に明るく、建設的な、彼の描いた「一幅の画」に、私は強く惹かれるだけなのです。

これほどよく自分を信じて、よくもこれほど自己満足からも、自己欺瞞からも遠ざかる事が出来たものだと感服するのです。近代的自我の発見者デカルトというような、解ったような解らないような言葉を弄しているよりも、この自我発見者には、自我というような言葉に躓いたことはいっぺんもなかった、彼が、実際に行使したものは、今日では、もう大変わかりにくくなって了った、非凡な無私というものであった事を、とくと考える方が有益であると私は思うのです。彼の描いてみせた「一幅の生活図」から、自己を信じて無私を得た生きた人間を感得する方が、ずっとやさしいし確実な事だ。これは、デカルト自身が使ったと全く同じ意味で、彼の著作から、私に現に直観出来る事実であり、私は、この直観に、現代的教養という特殊な知識の助けを必要としておりませぬ。

歴史性という観念が深く浸透した私達の教養に助けを求めてみても、この観念の欠如したデカルトの方法論の古臭さを笑う事しか、私には出来ないでしょう。彼の信じた常識は、もはや今日の常識ではない。私達は、自己を信ずるのも、自己を語るのも、全く疑わしくなった時代に生きている、そんな事しか言えないのなら、私達は随分重たい不毛な知識か教養を背負い込んで悧巧ぶっているという事にならないか。デカルトが当時気付いたのも同じ事情です。彼は、新説の工夫に、突破口を見付けようとは少しも考えなかった。極く普通な生活の知恵を、新しく発見し直そうとした。「生活の指針」を目ざして、正確に有効に考える、その力の源泉までさかのぼり、考える事と生きる事とが同じになるところで、これを摑み直そうとした。そう決心さえすれば、これは誰にでも出来る事だと確信した人です。

常識という言葉は、どうやら定義を拒絶しているようだ。一方、学問というものは、言葉の定義を重んじなければ、発達の見込のたたぬものです。今日の学問の発達は、言葉の定義の驚くほどの分化、細分化をもたらしたから、常識が、曖昧な、通俗な知恵と見くびられるのも、止むを得ない勢いでしょう。だが、ここで考えて戴きたいのは、常識を、正確を欠く主観的な知恵とか程度の低い一般的な知恵とか考えるのは、常識を或る認識のカテゴリイとして、外から規定しようとする事だ。漠然とだが定義を下そうとかかる事です。私が、常識という言葉は、定義を拒絶しているようだと言ったのは、この働きには、どうしても内から自得しなければ、解らぬものがある、それが言いたかったからなのです。常識というものを考えてみる上に、デカルトの仕事が、参考になると言ったのも、主としてその意味だった。精神力の自発性さえ摑み直せば、形而上学も自然学も倫理学も、彼には一手に引受ける事が出来た。そんな離れ業が出来た時代は、もう過ぎたかも知れない。しかし、厳正な定義を目指して、いよいよ専門化し、複雑化して、互の協力も大変困難になっている今日の学問を、定義し難い柔軟な生活の知恵が、もし見張っていなければ、どうなるでしょう。実際、見張っているのです。そこで、常識は、その本来の力を、決して大声は揚げないが、絶えず働かせているのだ。生活の知恵が、空想を好まず、真偽の判断を、事実に基いて行うという点では、学問上の知恵と同じものだが、常に行動の要求にも応じているから、刻々に変る現実の条件に従い、遅疑を許さぬ、確実な判断を、絶えず更新していなければならない。実生活は、私達に、そういう言わば行動するように考え、考えるように行動する知恵を要求して止まない。学問上の知識に、この生活のうちに訓練されている知恵に直接に働きかけ、これを指導するような力があるとは、先ず考えられない事だが、逆に、学問上の発見や発明には、この知恵の力が働かねばならぬ事は、充分に考えられる事だと思われます。

この辺で、もう話を終りたいと思うが、もう一つ感想をつけ加えて置きたいと思う。唐突に聞えるかも知れないが、私達が常識という言葉を作った以前、私達は、これに相当するどういう言葉を使っていたかというと、それは、やはり生活の知恵を現す「中庸」という言葉だったろうと思う。わが国の近世の学問は、実に長い間、この言葉について、いろいろと考えつづけて来た。これを忘れて了うのもおかしな事だし、この今は古びて陳腐になって了った言葉の時代の埃を払ってみるのも無益ではなかろうと思うからです。

周知のように、中庸という言葉は、孔子によって、初めて使われた言葉だが、「論語」の中には、この観念について殆ど説かれていない。ただ、「中庸ノ徳タルヤ、其レ至レルカナ、民鮮《スクナ》キコト久シ」。中庸という至徳が、世間に行われなくなってから久しい、と嘆いた言葉があるだけです。これがやかましい言葉となったのは、孔子の孫の子思が、「中庸」を作り、宋代以後、四書のうちの一書となったからだ。わが国の近世の儒学は、宋学の研究とともに興り、このよく整備された学説をそのまま呑み込んだ学者等が、主流化したのだが、到来した学説を、既成の知識としては受取らず、自分の考えるに従って解釈し、自分の身に付けようと努めた優れた思想家も沢山いたので、儒学思想の形式化、固定化に抗したそういう思想家達の力があったからこそ、この思想は、広い、生きた修養のうちに浸透する事が出来たのである。

中庸という古い言葉を、新しく考え直し、発見し直した最初の思想家は、伊藤仁斎でした。彼の「中庸発揮」という著書は、中庸の注釈は、徳川期を通じていろいろ現れたが、やはり一番優れたものではないかと思われます。彼の学問は、宋学を学ぶ事から始ったのだが、やがて、宋学信ずるに足らずと考えた。古人の思想を研究するには、直接、原典に当って、已れに備わる直観力と判断力を働かせるのが第一であり、その間に介入する既成の知識という邪魔物は、出来るだけ排除しなければならぬ、と悟るに至った。「中庸発揮」は、有名な「論語古義」とともに、そういう方法によって始められた二十年もかけた労作です。従って、「中庸発揮」の発揮という言葉は、彼に言わせれば、自分は、中庸の新解釈を提供するのではない、解釈などはもう沢山である、自分は、解釈、釐正《りせい》の重圧から、中庸という言葉の本来の意味、孔子がよく知っていた意味を解放したいのである、そういう企てを語っているのです。

「中庸」は三十三章から成っているが、仁斎は、その中、たった十四章しか原文とは信じていない。他は恐らく他書の脱簡であり、両者の錯雑により、強いて系統を立てんとしているから、中庸という「平穏之言」を「虚遠之理」を以って説くような事になっている、と見る。仁斎の考えでは、孔子の豪さは「論語」が端的に示しているが如く、人倫日用の道を離れて何一つ説かなかったところにあるのであって、「中庸」も、「論語ノ衍義《エンギ》」に他ならず、中庸は、彼の言うように至徳には違いないが、日常生活上の認識と行動とに関する知恵として、彼はこの言葉を使用したに違いないのである。「中庸」では、序論から、「天下ノ大本」とか「天下ノ達道」とかいう大げさな言葉で、この知恵を説こうとしているが、それがもう、この書の成立に関する疑わしい事情を語っているので、中庸とは、簡明に「過不及ナク、平常行フベキノ道」と解して充分なのである。中庸という言葉は、学者達の手によって、「高遠隠微之説」の中に埋没して了ったが、本当は、何の事はない、諸君が皆持っている常識の事だ。仁斎は、この事を、はっきり考え、はっきり説いた最初の学者です。

ところで、孔子は言う、「人、皆、予ハ中庸ヲ択ブコトヲ知ルト曰ヘドモ、期月モ守ルコト能ハザルナリ」。中庸は常識だから、誰でも知っているわけだが、一と月も、これが守れる人がない、不思議な事だ、と孔子は言うのである。仁斎は、これを、次のように注する、「君子ハ知ヲ以テ知ト為サズ。能ク守ルヲ以テ知ト為ス。蓋シ能ク之ヲ知レバ、守ラザル能ハザルヲ以テナリ」。ここで仁斎が着目しているのは、中庸とは単なる知ではなく、知の働きである、或は知を働かすその方法であるという事で、これが、仁斎の中庸に関する考えの根本になっています。これまでの学者達は、中は中正、庸は不易というその字義に拘泥し、その働きに盲目である事を、彼は、繰返し難ずる。孔子が、単に「中」と言わず「中庸」とつづけ、「中庸ハ、其レ至レルカナ」という語法を取っているのは、明らかに、彼が、この知恵の定義よりも、その働き方に注目している事を示すものだ、と仁斎は言う。「中」の字一つを取ってみても、従前の学者等は、深考を欠いているので、中とは、先ず何を措いても、事物の両端、柔剛大小とか厚薄深浅とかいう「両端ヲ執ッテ、中ヲ用フル」という働きを指している。それを、働きの終った適当中正の知恵しか見えぬとは愚かである。その両端を経験してみない人に、どうして中庸の知恵が得られようか。両端を執って権《はか》るという働きを読みとる事によって中という言葉は活字となるのであるが、この権るという働きに注目せず、中という死字を弄する者は、孟子が言ったように、「中ヲ執ッテ、一ヲ執ルガゴトキ」者だ、と仁斎は言うのです。

中庸とは、知恵の働きであって、一定の知恵ではない。この働きに着目するなら、この働きは、普遍的なもので、誰の専売でもない事がわかるだろう、「君子小人、各々其ノ能クスル所ヲ以テ、自ラ中庸トナシ、適従スル所ナシ」と言えると仁斎は言う。従って、孔子が、「君子ハ中庸シ、小人ハ中庸ニ反ス」と言いながら、これに続けて、「君子ノ中庸ハ、君子ニシテ時ニ中ス。小人ノ中庸ハ、小人ニシテ忌憚スルトコロ無シ」と言っているのは、味うべき文章だ、と仁斎は言うのです。権る力の強弱によって、中庸にいろいろな段階が考えられる。小人は、両端を執って権りながら、その力が薄弱であるから、でたらめになるし、君子は、権る力を養って、時に中すというところまで行く。時に中すとは時に随って命中するという意味で、その時、その時の条件に随って、権る力を、不断に更新するというところまで行く。それが、中庸の道の生態である。

「天下国家モ均シクス可シ、爵禄モ辞ス可シ、白刃モ踏ム可シ、中庸ハ能クス可カラザルナリ」というよく知られた孔子の言葉がある。孔子の最も烈しい言葉の一つである。朱子は、これを極く普通に一種の反語的表現と取って、智にも仁にも勇にも偏しない、円熟精通した中庸の徳を、孔子が説いていると解しているが、仁斎の解は、一見似ているようで、全く違うので、私には、その方が面白い。仁斎は、孔子の語法の烈しさが、そのままこの文の意味だ、と率直に受取っている。中庸について烈しく内省した人に必至のはっきりしたパラドックスだ、と受取っているのです。中庸という日用の知恵は、万人に平等に配分され、万人が知らずして行使しているもので、この働きの価値を反省してみようとする人がない。仁斎に言わせると、この働きは「至易至簡ニシテ、力ヲ着クルコトヲ得ザル」ものだからだと言う。これは、「適従スル所無シ」と言うのと同じ意味です。働きそのものには、言わば手応えがない。だから、人々はこれに気がつかず、「倚《ヨ》ル所アリテ能クスル」ところ、「力ヲ用ヒ易キ」ところばかりに眼を付ける。例えば、天下国家を均しくするのは、難事業だというが、そういう時、人々のは、中庸の働きそのものではなく、その倚るところの知識や才能ばかりに眼を付けて、難かしいと言っているに過ぎず、それは難かしいようで、実はやさしい事だ。至難なのは、中庸の働きそのものの、勉強や知力で律する事の出来ぬその至易至簡な姿に還り、その自覚から離れぬ事である。

仁斎は、孔子の「至レルカナ」という言葉を、そう解しています。

「論語」に、こういう言葉がある、「吾知ルコトアランヤ、知ルコトナキナリ。鄙夫有ッテ我ニ問フ、空々如タリ、我ソノ両端ヲ叩キテ竭《ツク》ス」。仁斎は「大イナルカナ」とこの文に感服している。この文については、学者によって、いろいろな解があるようだが、私には、仁斎の解がいいように思えるし、今は特に、仁斎の考えが、ここでも一貫している事が、お話ししたいので引いたのです。彼が、感服しているのは、「吾知ルコトアランヤ、知ルコトナキナリ」という孔子の言葉である。語法に現れた生きたニュアンスの感受は、仁斎の注解の特色を成すものであって、ここでも、やはり、彼は、孔子の物の言い方そのままを感受して、深い解に達しているように思われる。仁斎の考えによれば、この言葉は、一応、孔子の謙言とは言えるが、ただの謙言ではない、程子のように、馬鹿正直に、これを受取って、聖人の道は、自ら卑くするところにあり、そうしないと人々が親しまぬというような考えは、自分は取らぬ。孔子が、このような言を為したのは、知というものに関する孔子の考え方が、普通の賢者の考え方と、根本的に違うところから来ている、とするのです。孔子は、知の働きの根源に還っている、無私な知恵の働きそのものと化している、既成のあれこれの知識なぞに躓かない。仁斎はこれを、「物ノ外ニ道ナク、道ノ外ニ物ナシ、内外無ク、隠見無シ」という言葉で言っている。孔子は、そういう境地に達しているから、殊更、自分には、これこれの知識があるとは言わぬ、言う可きではない、という気持ちがある、仁斎は、そう解している。これは、率直な、又徹底した解である。これを「鄙夫有ツテ我ニ問フ」以下の文にも及ぼして少しも差支えないだろう。仁斎は、何に遠慮してか、その点を曖昧にしている。無知な実直な鄙夫が自分に質問する。「空々如タリ」という言葉には、孔子の同感が現れていると見てよいではないか。知識があると言っている賢人より、何も知らないから聞きたいと言っている鄙夫の方を、自分は取りたい、という孔子の気持ちは、明らかに感じられる。「我其ノ両端ヲ叩キテ竭ス」の「両端」は、前にお話しした、柔剛大小というような、事柄の両端であり、「叩」は「発動」、「竭」は「尽」である。

そこで、素直に取れば、孔子は、こう言っている、という事になる、「自分は、質問されて、君の質問は曖昧だが、実は、君は、正確にはこういう事が質問したいのではないかね、そう相手に言うだけだ」と。自分は、それだけの事をしている人間だ、それだけで充分だと信じている人間だ、「吾知ルトコロアランヤ、知ルトコロナキナリ」という事になるのです。

出来上った知を貰う事が、学ぶ事ではなし、出来上った知を与える事が教える事でもなかろう。質問する意志が、疑う意志が第一なのだ。だから、孔子は、相手の、この意志を叩くのだ、と言う。叩いてその方向を示すのだ、と言う。それは、自分自身に対してもそう言っている事に他なるまい。正しく質問しようと努める他に、何処に正しい知の働きを身につける道があろうか。至易至簡な知恵の働きという種子と、質問の意志との他余計なものは、一切心に貯えない鄙夫の姿が、孔子に好もしいものと映らなかった筈はあるまい。進んで、こう考える事も出来ましょう。この鄙夫の話は、単に狭い意味での孔子の教育原理を示すものではない。恐らく、孔子の思想を一貫している現実主義、実践主義と深く結ばれているでしょう。これは、彼の学問全体が、本質的に方法論である事を、彼の言う「道」とは、「方法」である事を語っているとも考えられます。人間に出来る事は、天与の知恵を働かせて、生活の為に、実在に正しく問う事だ。実在を解決する事ではない。正しい質問の形でしか、人間にふさわしい解答は得られはしない。それで充分である。恐らく、このような知恵の典型的な蓄積を、彼は、先王の行跡に見たのだと思われます。それが、「中庸」に言う、「隠ヲ素《モト》メ、怪ヲ行フハ、後世述ブルコト有ラン、吾ハ之ヲ為サズ」という言葉の一番奥にある意味でしょう。

孔子が、賢人よりむしろ鄙夫を好んだ、という、ひねった解釈を、私がするのではない。孔子の言葉を、既に、よくひねりの利いた言葉と見るだけだ。もう一つ、「論語」の中から、実例を挙げて置きます。ここでは、中庸という言葉の代りに、中行という言葉が使われている。「中行ヲ得テ、之ト与《トモ》ニセズンバ、必ズヤ狂狷《キョウケン》カ」と言う。「時ニ中ス」という常識の働きを保持している君子は、稀有であって、どうしても、そういう人が得られないとするなら、自分は、世人に狂なる者と言われ、狷なる者と言われている人を択ぶ、と言うのです。自分には、どういう型の人間が気に入らぬかを、彼は言っていないが、言うのも詰らぬ事だから、読者の推察にまかせたわけでしょう。

（展望　昭和三十九年十月〜十一月）

解説

江藤淳

ここに収められている小林秀雄氏の一連のエッセイが、「文藝春秋」に掲載されているころ、私はアメリカの大学にいて、なぜということなく江戸時代の儒学のことを考えていた。

日本の近代を、異質な文明との不可避な接触を余儀なくされた時代と考え、そこに生じたさまざまな混乱を思うにつけても、逆に近代が置き去りにして来たものが気にかかりはじめたからかも知れない。私は、自分もまたなにか大切なものを置き忘れて来たような気がしはじめていた。

かつてこの国に遊んだ永井荷風が、やがて江戸風俗の残照を恋うたように、異国の大学の一隅にあたえられた研究室の孤独な時間の折々に、私はしきりに江戸時代を想った。それは、いわば父母未生以前を想うような切なさを伴う経験であった。そして、いきおいその想いは、この時代の人々の生き方の基盤をなしていたと思われる、儒学の周辺を彷徨せざるを得なかった。

そんなときである、私が図書館の東洋文庫に届いていた月遅れの「文藝春秋」で、小林氏の『哲学』、『天命を知るとは』、『歴史』などを見出したのは。これらは、江戸時代の儒学に関するユニークなエッセイであった。それらを読むうちに、私はさらにバック・ナンバーを溯って、まだ読んでいなかった『学問』、『徂徠』、『弁名』などをも味読するようになった。

そこから私は、ほとんど名状しがたいほど豊かな教えを受けたように感じていたが、なかでも当時、目から鱗が落ちるような啓示を受け、いまでもその喜びを忘れられないのは次のような一節である。

《物を重んずるという考えは、徂徠の学問の根本にあった。「大学」の「格物致知」の格物とは、元来、物来《きた》るの意であり、知を致す条件をなすものが格物であると解した。これを物の理を窮めて知を致すと解する通説は全く誤りだとした。せっかく物が来《きた》るのに出会いながら、物を得ず理しか得られぬとは、まことに詰らぬ話だ、とするのが徂徠の考えだ。物来《きた》る時は、全経験を挙げてこれに応じ、これを習い、これに熟し、「我ガ有ト為セバ、思ハズシテ得ルナリ」という考えだ。……》（『徂徠』）

これは、荻生徂徠の『弁名』下の「物」に即しての小林氏の感想である。因みに、『弁名』で徂徠はいっている。

《物ナル者ハ、教ヘノ条件ナリ。古ノ人ハ学ビテ、以テ徳ヲ已ニ成サンコトヲ求ム。故ニ人ヲ教フル者ハ教フルニ条件ヲ以テス。学ブ者モマタ条件ヲ以テコレヲ守ル。「郷ノ三物」、「射ノ五物」ノゴトキ、コレナリ。……ソノ事ニ習フコトコレヲ久シウシテ、守ル所ノ者成ル。コレ「物格《キタ》ル」ト謂《イ》フ。ソノ始メテ教ヘヲ受クルニ方《アタ》リテ、物ハナホ我ニ有セズ。コレヲ彼《カシコ》ニ在リテ来《キタ》ラザルニ辟《タト》フ。ソノ成ルニ及ンデ、物ハ我ガ有トナル。コレヲ彼《カシコ》ヨリ来リ至ルニ辟フ。ソノ力《ツト》ムルヲ容《イ》レザルヲ謂フナリ。故ニ「物格《キタ》ル」ト曰フ。「格」ナル者ハ「来」ナリ。教ヘノ条件我ニ得レバ、スナハチ知自然ニ明ラカナリ。コレ「知至ル」ト謂フ。マタ力《ツト》ムルヲ容レザルヲ謂フナリ。鄭玄《ヂヨウゲン》ハ大学ヲ解シ、「格」ヲ訓ジテ「来」トナス。古訓ノナホ存スル者シカリトナス。朱子ハ解シテ「理ヲ窮ム」トナス。理ヲ窮ムルハ聖人ノ事ニシテ、アニコレヲ学者ニ望ムベケンヤ。カツソノ解ニ曰ク、「物ノ理ニ窮メ至ル」ト。コレ格物ニ窮理ヲ加ヘテシカルノチ義始メテ成ル。文外ニ意ヲ生ズト謂フベシ。アニ妄ニ非ズヤ。カツ古ノイハユル「知至ル」トイフ者ハ、コレヲ身ニ得テシカルノチ知始メテ明ラカナルヲ謂フナリ。シカルニ朱子ハ外ニ在ル者ヲ窮メテ吾ガ知ヲ致サント欲ス。強フト謂フベキノミ。……習フコトノ熟シテシカルノチ我ガ有トナル。我ガ有トナラバ、スナハチ思ハズシテ得、勉メズシテ中《アタ》ル。……》

私が、煩を顧みずに『弁名』のこのくだりを引用したのは、小林氏の文章を読んだときの自分の心のたかまりを、正確に思い出したかったからである。結局私は、「物格《キタ》リ、知致《イタ》ル」という言葉に含まれた真実の重さに、胸を衝かれていたのだ。そのころ私は、どうにか英語にあまり不自由しなくなりかけていた。だが、それと同時に日本の古典が、日本にいたときには思いもよらぬほど、身近に感じられはじめたことにおどろいていた。

今から思えば、やはりそれは「ソノ事ニ習フコトコレヲ久シウシ」ていたためにちがいない。かつて私は、国文学を専攻したことはなかったし、日本の古典を特に愛読したということもなかった。しかし、私は少くとも生れてからそれまで、無意識のうちに日本語を「習」いつづけていた。そのあいだに、日本語はたしかに私にとって、「守ル所ノ者」といってもよいものになりはじめていたのだ。

そのことを、二六時中英語をつかっている日常生活が、逆に思い出させてくれた。それが、おそらく「物格《キタ》ル」ということの第一歩であるのを、小林氏の『徂徠』の一節は明確に思い知らせてくれたのである。もし、この一節にめぐりあっていなければ、私はことによるとそのままアメリカにいつづけて、研究者としては恵まれた環境をあたえられながら、自分の言葉の源泉が風化してしまうのを体験していたかも知れない。そうなっていたらどうだったろう？　と思うと、いささかの感慨を禁じ得ない気持になる。

学問ということについて、そのほかにもここに収められたエッセイは、かずかずの「ヒント」をあたえてくれる。

《……蕃山のように、心法を練るのに、書を捨ててみた人もあったが、反対に、仁斎のように、飽くまでも書に固執してみる法を取った人もある。語孟の二書をとって熟読翫味、それも尋常な事では駄目で、「之を口にして絶たず、之を手にしておかず」という具合に、これに反復沈潜していれば、遂に、「其の謦咳《けいがい》を承くるが如く、其の肺腑を視るが如く、真に、手の舞ひ、足の蹈むところを知らず」というところに至るものだ、と言う。……》（『学問』）

この、「真に、手の舞ひ、足の蹈むところを知らず」という伊藤仁斎の言葉は、味わいの深い言葉である。学んで、なにかを会得したときの喜びは、たしかに踊り出したくなるようなものにちがいない。私自身にそういう至福が訪れたことがあると、いうのではないが、学ぼうとしたことのある者なら、至福のかすかな影がさす瞬間ぐらいは味わったことがあるはずだ。そういうとき、かりに一瞬のことであれ、欣喜雀躍というのが決して誇張ではないような心の充実がやって来る。

《仁斎の読書法では、文章の字義に拘泥せず、文章の語脈とか語勢とか呼ぶものを、先ず摑め、と教える。個々の動かぬ字義を、いくら集めても、文章の語脈語勢という運動が出来上るものではない。先ず、語脈の動きが、一挙に捕えられてこそ、区々の字義の正しい分析も可能なのだ。訓詁学者は、逆のやり方、道理上不可能なやり方をしたがるから、自己流に陥り、勝手に聖人の思想を再構成する事になる。歌に動かせぬ姿がある如く、聖人の正文にも、後人の補修訂正の思いも寄らぬ姿がある。……（中略）

仁斎の言う「学問の日用性」も、この積極的な読書法の、極く自然な帰結なのだ。積極的という意味は、勿論、彼が、或る成心や前提を持って、書を料理しようと、書に立ち向ったという意味ではない。彼は、精読、熟読という言葉とともに体翫という言葉を使っているが、読書とは、信頼する人間と交わる楽しみであった。論語に交わって、孔子の謦咳を承け、「手の舞ひ足の蹈むところを知らず」と告白するところに、嘘はない筈だ。この楽しみを、今、現に自分は経験している。だから、彼は、自分の論語の注解を、「生活の脚注」と呼べたのである》（同上）

つまり、学問というものは、愉しいものであり、豊かなものなのだ。もし、対象と学ぶ者との関係が、正しく定められていさえするならば。「……古ノイハユル『知至ル』トイフ者ハ、コレヲ身ニ得テシカルノチ知始メテ明ラカナルヲ謂フナリ。……」学ぶべき対象は、内に在る。いや「習フコトノ熟シテシカルノチ我ガ有トナ」ったものだけが、愉しく豊かな学問の対象となり得る。

《彼等が、古典を自力で読もうとしたのは、個性的に読もうとした事ではない。彼等は、ひたすら、私心を脱し、邪念を離れて、古典に推参したいと希ったのであり、もし学者が、本来の自己を取戻せば、古典は、その真の自己を現す筈だと信じたのである》（『弁名』）

これについて、徂徠自身がいっている。「……我ガ有トナラバ、スナハチ思ハズシテ得、勉メズシテ中《アタ》ル。……」「……シカルニ朱子ハ外ニ在ル者ヲ窮メテ吾ガ知ヲ致サント欲ス。強フト謂フベキノミ。……」対象を外に定め、これを「窮」めて「理」を得ようとするのは、「物格《キタ》リ、知致《イタ》ル」という、「格物致知」の本義にもとるものである、と徂徠はいう。儒学の議論を離れて、わが身をふり返ってみても、対象を外に求め、「外ニ在ル者ヲ窮」めようとするような学問の態度が、少くとも私にとって喜びの少いものであることは、たしかなことのように思われる。

《……二度と還らぬ過去の人に出会うには、想像力を凝らして、こちらから出向かなければならないのだし、この想像力の基体として、二度と還らぬ自分の現在の生活経験に関する切実な味い以外に、何もありはしないのだ。……友を得る為には、友を自分の方に引寄せればいい、そんな道が、友を失う道に過ぎないとは、生活経験に基く知恵には、はっきりした真理である。……》(『徂徠』)

小林氏は、これにつづいて、御小姓衆の四書五経素読の吟味役をやらされたときの、徂徠の挿話を語っている。終日の単調な労働に疲れ果てて、「注をもはなれ、本文ばかりを、見るともなく、読むともなく、うつらうつらと見居候内に、あそこここに疑ども出来いたし、是を種といたし、只今は、経学は大形此の如き物と申事合点参候事に候。……注にたより、早く会得いたしたるは、益あるやうに候へども、自己の発明は、曾て無之事に候」

徂徠にひきくらべるのも僭越な話だが、教師をしていると、たしかにこういう経験をすることがある。私が、何度となく読んだことのある夏目漱石の『薤露行』という短篇小説の「あそこここに疑ども出来」するのを感じて、愕然としてこの作品を見直しはじめたのは、やはり単調な授業中の、ふとしたきっかけからであった。

それにしても、徂徠のいうように、「注にたより、早く会得」しようとすることは、かえって読書の愉しみを減殺するものである。できることなら、読者は、このような片々たる解説に頼ることなく、直接小林氏の名文に推参されるがよい。そして、さらに、氏が縦横に語っている仁斎、徂徠らの原文を味読する愉しみを得られるがよい。

昭和五十年三月十一日

文春文庫

考《かんが》えるヒント 2

定価はカバーに表示してあります

2007年9月10日　新装版第1刷
2025年2月5日　第7刷

著　者　小《こ》林《ばやし》秀《ひで》雄《お》
発行者　大沼貴之
発行所　株式会社　文藝春秋

東京都千代田区紀尾井町3-23　〒102-8008
TEL 03・3265・1211㈹
文藝春秋ホームページ　https://www.bunshun.co.jp

落丁、乱丁本は、お手数ですが小社製作部宛お送り下さい。送料小社負担でお取替致します。

印刷製本・TOPPANクロレ
Printed in Japan
ISBN978-4-16-710713-0

（　）内は解説者。品切の節はご容赦下さい。

阿川佐和子・大石　静
オンナの奥義
無敵のオバサンになるための33の扉
こんなことまで話しちゃう？　還暦婚のアガワと背徳愛のオオイシが、結婚・仕事・不倫から下着選び・更年期対処法・理想の最期まで、とことん語り尽くす。赤裸々本音トーク！
あ-23-26

内田　樹
サル化する世界
劣化する政治、迷走する外国語教育、目標なき経済活動……。なぜこの国は目先の利益にとらわれ、将来を考えられない「サル」ばかりになったのか？　ウチダ流・警世の書！　（武田砂鉄）
う-19-27

上橋菜穂子・津田篤太郎
ほの暗い永久《とわ》から出でて
生と死を巡る対話
母の肺癌判明を機に出会った世界的物語作家と聖路加国際病院の気鋭の医師が、文学から医学の未来まで語り合う往復書簡。未曾有のコロナ禍という難局に向き合う思いを綴る新章増補版。
う-38-1

佐藤　優
甦るロシア帝国
ソ連を滅ぼし、ロシアを復活させた〝怪物〟は何者か！　若き外交官として、またモスクワ大学で神学を講義するなかで感じた帝国主義の空恐ろしさとは。プーチン論を新たに大幅増補。
さ-52-3

司馬遼太郎
八人との対話
山本七平、大江健三郎、安岡章太郎、丸谷才一、永井路子、立花隆、西澤潤一、A・デーケンといった各界の錚々たる人びとと文化、教育、戦争、歴史等々を語りあう奥深い内容の対談集。
し-1-63

井上　靖・司馬遼太郎
西域をゆく
少年の頃からの憧れの地へ同行した二大作家が、興奮も覚めやらぬままに語った、それぞれの「西域」。東洋の古い歴史から民族、そしてその運命へと熱論ははてしなく続く。　（平山郁夫）
し-1-66

司馬遼太郎
司馬遼太郎対談集
日本人を考える
梅棹忠夫、梅原猛、陳舜臣、富士正晴、桑原武夫、山口瞳、今西錦司ほか各界識者と司馬が語り合う諸問題は、21世紀になっても続いている。貴重な示唆に富んだ対談集。　（岡崎満義）
し-1-138

（　）内は解説者。品切の節はご容赦下さい。

司馬遼太郎
対談集
歴史を考える

日本人を貫く原理とは何か？　対談の名手が、歴史に造詣の深い萩原延壽、山崎正和、綱淵謙錠と自由自在に語り合う。歴史を俯瞰し、日本の〝現在〟を予言する対談集。（関川夏央）

し-1-140

司馬遼太郎記念財団 編
「司馬さん」を語る
菜の花忌シンポジウム

司馬遼太郎が好きだった花に由来する菜の花忌シンポジウムで、親交が深かった人、作品を愛する人たちが語る「司馬さん」。新たな気づきを与えてくれる貴重な記録。文庫オリジナル。（上村洋行）

し-1-200

澁澤龍彦
快楽主義の哲学

人生に目的などありはしない。信ずべきは曖昧な幸福にあらず、ただ具体的な快楽のみ……。時を隔ててますます新しい、澁澤龍彦の煽動的人生論。三島由紀夫絶賛の幻の書。（浅羽通明）

し-21-2

武田砂鉄
コンプレックス文化論

「天パ」「下戸」ほか様々なコンプレックスに向き合い、文献を読み解きながら考察した評論×劣等感を武器にして活躍する表現者達へのインタビュー集。ジェーン・スーとの対談も収録。

た-109-1

半藤一利
指揮官と参謀
コンビの研究

陸海軍の統率者と補佐役の組み合わせ十三例の功罪を分析し、個人に重きを置く英雄史観から離れて、現代の組織における真のリーダーシップ像を探り、新しい経営者の条件を洗い出す。

は-8-2

宮本　輝
メイン・テーマ
対談集

悠々とたくましく、自らが選んだ道をゆく人々と、あるときは軽妙に、あるときは神妙に、人の生き方と幸せを語る心ゆたかなひととき。宮本氏の小説世界を深く知るための絶好の一冊。

み-3-5

宮部みゆき・半藤一利
昭和史の10大事件

歴史探偵と作家の二人は、なんと下町の高校の同窓生（30年違い）。二・二六事件から東京裁判、金閣寺焼失、ゴジラ、宮崎勤事件、日本初のヌードショーまで硬軟とりまぜた傑作対談。

み-17-51

（　）内は解説者。品切の節はご容赦下さい。

村上春樹
夢を見るために毎朝僕は目覚めるのです
村上春樹インタビュー集1997-2011

1997年から2011年までに受けた内外の長短インタビュー19本。作家になったきっかけや作品誕生の秘密について。寡黙な作家というイメージを破り、徹底的に誠実に語りつくす。

む-5-12

村上世彰・西原理恵子
生涯投資家vs生涯漫画家
世界で一番カンタンな投資とお金の話

麻雀もFXも負け続けのサイバラが、「生涯投資家」村上世彰に投資とお金について教えを乞い、株とビットコインに挑戦！その結果は文庫特別編「3年後の収支報告」対談で。

む-17-2

山本七平
「常識」の研究

戦前戦後を通じていえることは「権威は消えたが常識は残った」である。常識、つまり生活の行動規範とそれを基とした事象への判断をとり上げ、国際化時代の考え方を説く。（養老孟司）

や-9-13

山本七平
「空気」の研究

誰でもないのに誰よりも強い「空気」。これこそ「忖度」そのものだ。日本人の心に深く根付いた伝統的発想を暴く。発表から四十年を経て、今こそ読まれるべき不朽の傑作。（日下公人）

や-9-14

山岸凉子
自選作品集
ハトシェプスト
古代エジプト王朝唯一人の女ファラオ

嫉妬、陰謀、裏切りうごめく王宮。古代エジプトで繰り広げられる山岸ワールド。異能の力を持つ者の運命は？　山岸凉子さんの〝最初で最後の〟トークショーを完全載録。（岩下志麻）

や-70-3

與那覇　潤
知性は死なない
平成の鬱をこえて　増補版

気鋭の歴史学者を30代半ばで襲った重度のうつ病。入院とリハビリを経て大学を辞め、市井の言論人として歩き出す第一歩として書かれた、心の回復の記録にして同時代史。（東畑開人）

よ-35-2

（　）内は解説者。品切の節はご容赦下さい。

阿川佐和子
強父論
94歳で大往生、破天荒な父がアガワを泣かした34の言葉。故人をまったく讃えない前代未聞の追悼に爆笑するうち、なぜか胸が熱くなる。ベストセラー『看る力』の内幕です。（倉本　聰）
あ-23-25

青木新門
納棺夫日記　増補改訂版
〈納棺夫〉とは、永らく冠婚葬祭会社で死者を棺に納める仕事に従事した著者の造語である。「生」と「死」を静かに語る、読み継がれるべき刮目の書。（序文／吉村　昭・解説／高　史明）
あ-28-1

秋元良平　写真・石黒謙吾　文
盲導犬クイールの一生
盲導犬クイールの生まれた瞬間から温かな夫婦のもとで息を引き取るまでをモノクロームの優しい写真と文章で綴った感動の記録。映画化、ドラマ化もされ大反響を呼んだ。（多和田　悟）
あ-69-1

アイリス・チュウ　鄭　仲嵐
Ａｕオードリー・タン　天才ＩＴ相7つの顔
ＩＱ180以上で学歴は中学中退。10代で起業、AppleでSiriの開発に関わり、20代で性を変えた無政府主義者が台湾のＩＴ担当大臣として活躍するまで。（中野信子）
あ-91-1

石田雄太
大谷翔平　野球翔年　Ⅰ　日本編２０１３-２０１８
投打二刀流で史上最高のプレーヤーの一人となった大谷翔平はいかにして誕生したのか？　貴重なインタビューを軸にしたノンフィクション。文庫オリジナル写真も収録。（大越健介）
い-57-2

石井光太
本当の貧困の話をしよう　未来を変える方程式
日本では6人に1人が貧困に。貧困は自己否定感を生み心のガンとなり、社会全体の困窮に繋がる。社会のリアルを見つめ、輝かしい未来を手に入れるための若い世代に向けた熱い講義。
い-73-3

石井妙子
女帝　小池百合子
キャスターから国会議員へ転身、大臣、都知事と、権力の階段を駆け上った小池百合子。しかし彼女の半生は謎だらけだ。疑惑の学歴ほか、時代が生み落とした「虚怪」を徹底検証する！
い-88-2

（　）内は解説者。品切の節はご容赦下さい。

安野光雅
絵のある自伝
昭和を生きた著者が出会い、別れていった人々との思い出をユーモア溢れる文章と柔らかな水彩画で綴る初の自伝。心温まる追憶は時代の空気を浮かび上がらせ、読む者の胸に迫る。

あ-9-7

井上ひさし
四十一番の少年
辛い境遇から這い上がろうと焦る少年が恐ろしい事件を招く表題作ほか、養護施設で暮らす子供の切ない夢と残酷な現実が胸に迫る珠玉の三篇。自伝的名作。（百目鬼恭三郎・長部日出雄）
い-3-30

磯田道史
無私の日本人
貧しい宿場町の商人・穀田屋十三郎、日本一の儒者でありながら栄達を望まない中根東里、絶世の美女で歌人の大田垣蓮月——無名でも清らかに生きた三人の日本人を描く。（藤原正彦）
い-87-3

海老沢泰久
美味礼讃
彼以前は西洋料理だった。彼がほんもののフランス料理をもたらした。その男、辻静雄の半生を描く伝記小説——世界的な料理研究家辻静雄は平成五年惜しまれて逝った。（向井　敏）
え-4-4

小川三夫・塩野米松　聞き書き
棟梁
技を伝え、人を育てる
法隆寺最後の宮大工の後を継ぎ、共同生活と徒弟制度で多くの弟子を育て上げてきた鵤《いかるが》工舎の小川三夫棟梁。後世に語り伝える技と心。数々の金言と共に、全てを語り尽くした一冊。
お-55-1

小田貴月《たか》
高倉健、その愛。
孤高の映画俳優・高倉健が最後に愛した女性であり、養女でもある著者が、二人で過ごした最後の17年の日々を綴った手記。出逢いから撮影秘話まで……初めて明かされる素顔とは。

お-79-1

かこさとし
未来のだるまちゃんへ
『だるまちゃんとてんぐちゃん』などの絵本を世に送り出してきた著者。戦後のセツルメント活動で子供達と出会った事が、絵本創作の原点だった。全ての親子への応援歌！（中川李枝子）
か-72-1

（　）内は解説者。品切の節はご容赦下さい。

かこさとし
だるまちゃんの思い出 遊びの四季
ふるさとの伝承遊戯考
花占いに陣とり、ゴムひもとびにかげふみ……かこさんが生涯にわたり描き続けた〈子供の遊びと伝承〉。貴重なカラーカット絵が満載の、日本エッセイスト・クラブ賞受賞作。（辻　惟雄）
か-72-2

清原和博
清原和博 告白
栄光と転落。薬物依存、鬱病との闘いの日々。怪物の名をほしいままにした甲子園の英雄はなぜ覚醒剤という悪魔の手に堕ちたのか。執行猶予中1年間に亘り全てを明かした魂の「告白」。
き-48-1

清原和博
薬物依存症の日々
5年ぶりに会った長男は「大丈夫だよ」と笑ってくれた。覚醒剤取締法違反による衝撃の逮捕。苦痛の中でももがき続けてきた清原の自殺願望、うつ病との戦い、家族との再会。（松本俊彦）
き-48-2

久世番子
よちよち文藝部
芥川に夏目にシェイクスピアにドストエフスキー……国内から世界まで、文豪と名作の魅力を取材と綿密な妄想で語り倒す「よちよち文藝部」。読んでなくても知ったかぶれる大爆笑の一冊。
く-42-1

佐野眞一
旅する巨人
宮本常一と渋沢敬三
柳田国男以降、最大の業績を上げたといわれる民俗学者・宮本常一の生涯を、パトロンとして支えた財界人・渋沢敬三との対比を通して描いた傑作評伝。第二十八回大宅賞受賞作。（稲泉　連）
さ-11-8

城山三郎
「粗にして野だが卑ではない」
石田禮助の生涯
三井物産に三十五年間在職、華々しい業績をあげた後、七十八歳で財界人から初めて国鉄総裁になった〝ヤング・ソルジャー〟の堂々たる人生を描く大ベストセラー長篇。（佐高　信）
し-2-17

曽野綾子
百歳までにしたいこと
2021年に90歳を迎え、作家生活70年を超える著者。老年を生きるための心構えを説き、真の人間力とは何かを指し示す。「人生百年時代」の道しるべになってくれるエッセイ集。
そ-1-27

（　）内は解説者。品切の節はご容赦下さい。

俵　万智
牧水の恋
旅と酒の歌人・若山牧水は恋の歌人でもあった。若き日を捧げた女性との出会い、疑惑、別れに、自ら恋の歌を多く詠む著者が迫る。堺雅人氏も絶賛のスリリングな評伝。（伊藤一彦）
た-31-10

中村　徹・松本博文
天才 藤井聡太
史上最年少でプロ棋士となった藤井聡太の活躍は、想像のはるか上を行く。師匠・杉本昌隆、迎え撃つ王者・羽生善治、渡辺明、精鋭揃いのライバルたちの証言が明らかにする天才の素顔。
な-79-1

新田次郎・藤原正彦
孤愁〈サウダーデ〉
新田次郎の絶筆を息子・藤原正彦が書き継いだポルトガルの外交官モラエスの評伝。新田の精緻な自然描写に、藤原が描く男女の機微。モラエスが見た明治の日本人の誇りと美とは。（縄田一男）
に-1-44

延江　浩
小林麻美 I will
芸能界を突然引退し子育てに専念した伝説のミューズ。引退の決断から女性誌の表紙を飾った25年ぶりの復活まで、その半生をラジオ名プロデューサーが秘話で綴る評伝。（酒井順子）
の-24-1

星野　源
よみがえる変態
やりたかったことが仕事になる中、突然の病に襲われた。まだ死ねない。これから飛び上がるほど嬉しいことが起こるはずなんだ。死の淵から蘇った3年間をエロも哲学も垣根なしに綴る。
ほ-17-3

松尾　諭
拾われた男
自宅前で航空券を拾ったら、なぜかモデル事務所に拾われた。フラれてばかりの男が辿り着いた先は。自称「本格派俳優」松尾諭、笑いと涙のシンデレラ(!?)ストーリー。（高橋一生）
ま-43-1

（　）内は解説者。品切の節はご容赦下さい。

みうらじゅん　編
清張地獄八景
松本清張を敬愛するみうらじゅんの原稿を中心に、作家や映像化に携わった役者、夫人や元同僚による清張に関する記事、清張自身が書いた手紙や漫画などたっぷり収録。入門書に最適。
み-23-9

文藝春秋　編
向田邦子を読む
作家としての軌跡、思い出交遊録、家族が見た素顔——今なお色褪せない向田邦子とその作品の魅力を、原田マハ・小川糸・益田ミリ・小林亜星らが語り尽くす。永久保存版の一冊！
む-1-28

向田和子
向田邦子の遺言
どこで命を終るのも運です——死の予感と家族への愛。茶封筒の中から偶然発見した原稿用紙の走り書きは、姉邦子の遺言だった。没後二十年、その詳細を、実妹が初めて明らかにする。
む-9-3

村上世彰
生涯投資家
二〇〇六年、ライブドア事件に絡んでインサイダー取引容疑で逮捕された風雲児が、ニッポン放送株取得の裏側や、投資家としての理念と思いを書き上げた半生記。（池上　彰）
む-17-1

森本俊司
ディック・ブルーナ　ミッフィーと歩いた60年
小さなうさぎの女の子ミッフィーの絵本は、多くの国で翻訳され、世界中の子どもたちに愛されてきた。作者ブルーナに取材をしてきた著者がその生涯をたどった本格評伝。（酒井駒子）
も-31-1

若松英輔
小林秀雄　美しい花
稀代の批評家・小林秀雄。ランボーやヴァレリーの翻訳、川端康成ら同時代作家との交流の中で己のスタイル＝詩法を確立していく様を描き出す、真摯な文学者の精神的評伝。（山根道公）
わ-24-2